ふたつのしるし

宮下奈都

幻冬舎文庫

ふたつのしるし

目次

第1話

1991年　5月

ハル

　小学校の校庭に三十二人の子供がいた。入学して間もない一年二組の子供たちだ。春の明るい陽射《ひざ》しが降り注ぐ中、屋外活動用のボードを首から提げ、担任の渡辺孝代《わたなべたかよ》先生の話を聞いている。上下とも白っぽいジャージを着た渡辺先生は、サンバイザーの下から子供たちの顔を見まわした。

「春のしるしを見つけましょう」

　いささか抽象的な提案だったにもかかわらず、はあい、と子供たちは返事をした。友達とおしゃべりしたり、ふざけっこしたりしながら、めいめい春のしるしを探している。もう五月に入っていたから、はっきりした春のしるしが存在するわけではないだろう。それでも、子供たちの見つけてくるものなら、どんなものであってもそれをしるしと認めよう、と先生は思っていた。

　校庭の隅に年じゅう生えている草をちぎって持ってきた子にも、土から這《は》い出してきた何かの幼虫を捕まえた子にも、何も見つけられなくて校庭の砂を手のひらに握りしめてきた子にも、合格点を出そう。よく見つけられたね、とほめよう。初めてなんだもの。先生は思った。小学校に上がって初めての春。あなたたち自身が春のしるしなんだよ。

渡辺先生はこれまでにもたくさんの一年生を受け持った。意気揚々と入学してきた一年生のうちの半分くらいの子が、夏休みになる頃にはすっかりしょげて自信をなくしてしまうのを見てきた。真ん中にいたかったのに隅っこに追いやられ、椅子から蹴《け》落《お》とされる子も何人もいた。先生はそういう子たちを少しでも励ましたいと思っていた。椅子から落とされた子には低めの椅子を用意して、隅っこに縮こまっている子は手を引いて真ん中近くまで連れていってやったりしたかった。

そう思いながら三十年近くが経《た》ち、自分の子供が就職したり結婚したり、自身も体調を崩したり治ったり、いろんなことを経て先生の心もいつも真ん中にはいられなくなった。何度も真ん中へ戻ろうとするうちにバネが利きにくくなっている。だからこの頃は、何かを見落としてしまったとしても自分を責めないようにしている。見落としたふりをすることも、実はときたまある。

でも、春になって新しい子供たちを、特に一年生を担任するのはやっぱり新鮮な気分だ。二列に並び、ものめずらしそうに校舎を抜け、中庭を通って、校庭へ向かう子供たち。校庭の広さ、鉄棒の数、砂場の位置。そういったものに慣れてくれればいい。そういう意図もあった。並んで歩く練習にもなる。春のしるしを探しにいくのは、有意義な時間になるはずだった。はず、ではなくて、実際に有意義な時間だった。子供たちはさまざまな春のしるしを見つけて教室へ戻った。

ただ、戻ってみたら、ひとり足りなかった。

「きちんと手をつないで二列で歩きなさいといったはずです」

先生は叱《しか》った。足りない子と手をつなぐはずだった子は、それだけでべそをかいた。横山寧々《よこやまねね》という女の子だ。柏木《かしわぎ》くんは、といいかけて口を噤《つぐ》んだ。柏木くんは、耳が聞こえない。そういおうとしたのだ。ううん、ちがう。耳が聞こえないのとはちがう。言葉が通じないんだ。——怖かった。異質なものに自分だけが気づいた、自分だけが触れてしまった、他人と共有できない怖さだった。

「これからみんなで捜しにいきます。今度は必ず手をつないで、二列になって」

一年二組はもう一度二列に並んで校舎を出た。上履きから外ズックに履き替えるだけでてんやわんやの子供たちを引き連れて、足りない子を捜すのは一騒動だ。それでも、子供たちだけで教室に置いていくのはまずい、と先生は考えた。とにかく同じ道筋をたどって校庭へ出て、そこにいなかったら応援を頼もう。

さて。足りなかった子はあっけなく見つかった。みんなで春のしるしを探していたあたりからそう離れていない場所に、小さな背中が見えた。先生はほっとした。横山寧々もほっとした。その他のたくさんの子供たちは、特に何の感慨も抱《いだ》かなかった。ただうららかな春の光を浴びてにぎやかに歩いていた。

どうして蟻《あり》の行列がこんなにおもしろいのか柏木温之《はるゆき》にはわからなかった。おもしろいと自分が思っていることさえもよくはわかっていなかった。ただじっと眺めている。蟻が何匹も何匹もいてどんどんどんどん歩いていく。その様子を眺めていると、風に吹かれて舞い上がってしまいそうな胸の中の何かが、きちんと元の場所へ収まるような感じがした。このままずっと眺めていたかった。

柏木さん、と強い声がした。彼はただ、強い声だと感じただけだ。柏木さん、ともう一度声がして、その声もやっぱり彼の頭の上を通り過ぎていった。無視をしているのではない。ほんとうに彼の耳には届かないのだ。さん付けで呼ばれることなどこれまでなかったから、よけい自分が呼ばれていることに気づきにくかったのかもしれない。ハル、と呼ばれるのが常だった。父や母にも、幼稚園時代の先生や友達にも。

柏木さん、と三度目に呼んだとき、先生の声は怒りを含んで語尾がつり上がった。

彼はやはり自分が呼ばれていることには気がつかなかったが、耳ははっきりと不快を感じた。それでも、目はまだ蟻の行列を追っていた。先生は彼のすぐそばまで行って、耳元で、柏木さん、と呼んだ。そうして、地面にしゃがんだままじっと動かない彼の細い腕をつかんだ。

「返事をしなさい」

ゆっくりと顔を上げた彼の顔に悪びれた色はなかった。まだあどけない、少しの反省もない、どちらかといえば不満そうな顔。先生はなんとなく恐ろしくなって、語気を弱めた。

「教室へ戻りますよ」

彼はまだ同じ姿勢のまま先生を見上げていた。聴覚の不自由な児童はいなかったはずだ、と渡辺先生は頭の中で確認していた。でももしかするとこの子はほんとうに名前を呼ばれても聞こえていないのかもしれない。それほど彼の様子には邪気がなかった。

「ハル」

「え」

先生がふりかえると、彼はもう一度、ハル、といった。右手の指で左胸につけられた自分の名札を差していた。温之のハル。そう伝えたかったのだが、先生にはちょっと届かなかった。

「さあ、列に並んで。教室へ戻ります」

先生は彼だけにでなく、クラスのみんなを見渡していった。

あるいはこの子は精神的な発達が少々遅れているのかしら、と先生は考えていた。そういう子に声を荒らげたりするのは教師としてあるまじき行為だ。彼は膝《ひざ》や手のひらについた砂を払おうともせず、ただ突っ立っていた。

「柏木くん、手つなご」

横山寧々が、健気《けなげ》に手を伸ばした。しかし、やはり彼は突っ立ったままだ。やがて授業の終わるチャイムが鳴り出した。

「柏木くん、手」

辛抱強く、横山寧々は彼に向かって自分の手を差し出し続けた。彼はその手をちらりと見て目を逸《そ》らした。自分がつかむべき手はこの手ではない。その目を地面に落とすと、さっき先生が近づいてきたときに蹴られて転がった小石を迂回《うかい》するかたちに蟻のルートは変更されていた。

「柏木さん、横山さんと手をつないで。教室へ戻ります」

渡辺先生がいい、横山寧々はほんとうはつなぎたくない手を彼に伸ばし続け、事態にあきれた女子たちが彼に蔑《さげす》んだ目をやり、飽きてどうでもよくなった男子たちが校庭の土を蹴り、そして柏木温之はやっぱりその場に突っ立っているばかりだ。

彼は業を煮やした渡辺先生に腕を取られ、無理やり横山寧々と手をつながされ、校舎の中へと引きずられるように連れていかれたのだった。

ひとつの教室に揃《そろ》った新しい一年生たちの顔が、陽の光を水面《みなも》に反射させた小川のように晴れがましくちかちかと輝いている中で、ハルの瞳はすぐに玉が落ちてしまった線香花火のようだった。チチチと心許《こころもと》なく細い火花のしっぽを散らすだけの、生気のない、存在感のない、小さい子供だった。

ハルは何もしなかった。できなかった。やろうとしなかった。どのように思われても本人はかまわなかった。なにしろ彼の心はそこになかった。そこにも、ここにも、どこにもなかった。ハルの心は常にそのへんを漂っていて、たまにカチッとピントが合ったときにだけ身体《からだ》に返ってくる。そういうときのハルの目には光が宿り、いきいきと動き出す。しかしピントがいつ合うのか、どこに合うのか、本人にもぜんぜんわかっていなかった。

ハルは授業を聞かなかった。聞かなかったからといって、これといってすることもないので、連絡ノートや国語のノートに心に浮かぶものを描きとめていった。蟻。蟻だ。描き出すと止まらなかった。蟻。次のページにも、また蟻。蟻。蟻の行列。実際にハルの目に映った蟻と、記憶にある蟻は相似しているのに、ノートに出現した蟻はずいぶん違った。違うということが自分でもわかって、ハルはもどかしかった。蟻のすばやい身のこなし、身体の軽さ、歩く速度、何事にも動じず前へ前へと進んでいく脚力。そういった美しいものをもっと正確に描きたかった。

そうだ、見て描けばいいんだ。ハルは立ち上がった。椅子がカランと鳴った。担任の先生は授業中に立ったハルを見て、眉をひそめた。

「トイレなら急いで行ってらっしゃい」

声をかけたが、ハルは返事をしなかった。先生のほうを見てもいない。ただノートと鉛筆を持って、教室を出ていくところだった。

「柏木さん」

男子にも女子にも苗字にさん付けして呼ぶことに決めている先生がハルを呼んだ。ハルはふりむかなかった。

人に迷惑をかけるな、というようなことを容子《ようこ》は息子に一度もいったことがない。息子にというより、誰に対しても、そのようなことを意識したことがなかった。迷惑をかけたくてかける人はいないのだから、そういう不本意な状態にある人のことは大目に見てもよいのではないか、というのが大まかな容子の考えであった。

自分が人に迷惑をかけることよりも、人から迷惑をかけられる場合を想定している。大目に見るのは他人ではなく、自分である。それが寛容の証《あかし》なのか、傲慢《ごうまん》の証であるのか、容子は考えない。ただ、夫の慎一《しんいち》がたびたび、人に迷惑をかけるな、と口にするのを見ると胸がむずむずした。迷惑なんてかけるときにはかけちゃうんだから大目に見るしかないのよ。そう思ったけれども折り入って反論するほどのことでもなかったから黙っていた。

当の慎一が両親からそのように躾《しつ》けられてきたのであろうことは容易に想像がついた。慎一の両親は、人に迷惑をかけたり、人から後ろ指を差されたりするようなことを何よりも嫌う類《たぐい》の善良な市民であった。容子の両親とて善良な市民であることに変わりはなかったが、他人様《ひとさま》に迷惑をかけたりかけられたりすることに、わりあい寛容であった。困ったときはお互いさま。おおむねそのような了解のもとで容子は育った。

容子と慎一の息子、温之は手のかからない子だ。幼い頃からひとり遊びが好きだっともなかった。わがままを通そうとして泣き喚《わめ》いたりすることも、人に乱暴をふるうようなこともなかった。幼稚園で暴れまわる男の子たちとは距離を取り、自分の好きなように時間を過ごす術《すべ》に長《た》けているように見えた。

ただ、ごくたまに、石でできたお地蔵さんのように頑固になることがあった。外を歩いていても何かに気を取られて一歩も動けなくなってしまったり、何かに熱中するといくら呼んでも聞こえなくなってしまったり。そういうときの息子は、関心を持った対象との間の回路だけをつなぐために、他の一切のシャッターを閉じてしまうのだと容子は理解していた。だから、一度そうなってしまったら、放っておくしかなかった。放っておけば、いつかは戻ってくる。

容子には時間があったので、息子に待たされるのは平気だった。ある秋の夕暮れには、道端で動かなくなった息子の傍《かたわ》らで編み物を始め、小さなセーターの片方の袖の部分を編み上げてしまった。ある冬の朝には、地面に両手をついて屈《かが》んだままじっとしている息子の隣で文庫本を読んだ。犯人らしき女があやしく登場したあたりで息子が動き出したのが残念だった。そのままもう少し読んでいたかった。

容子は自分の頭だか身体だかが息子ほど器用にシャッターを上げ下ろしできないことを知っていたので、息子のことが純粋にうらやましかった。容子は何かに集中しようとしても、息子ほどうまくはできない。どこからかおもしろそうな刺激をキャッチするとすぐにふわふわとそちらへ飛んでいってしまい、戻ってくる頃には元の話がどうでもよくなってしまっている、ということがよくあった。

そのうらやましいくらいの息子のことで、担任から電話がかかってくるようになった。息子さんは自分だけの世界に入ってしまいます。今日はひとりだけ校庭から戻ってきませんでした。容子は、はい、と返事をする。知っています、といいたい気持ちを飲み込んだ。しかし、はい、ではいけなかったらしい。担任は一呼吸置いてから、いい放った。正直なところ、温之さんのおかげでクラス全員が迷惑を被《こうむ》っています。

おかげで、というのはおかしいのではないか。容子は困惑した。温之さんのおかげで、などというから当然その後にはほめ言葉が続くものだと思ってしまった。迷惑を被っています？　クラス全員が？　全員というのはつまり、ひとり残らず？　容子の頭の中に疑問符がたくさん浮かんだ。しかし、電話口で容子は頭を下げていた。すみません。それからおずおずと尋ねた。あの、温之は、それほど迷惑なのでしょうか。担任は、まだ入学したばかりですから、といった。これからじっくり見守っていきたいと思います。容子はすかさず重ねて聞いた。ということは、それほど迷惑というわけでもないということでしょうか。先生はきっぱりと答えた。

「いえ、迷惑です。おうちでもきちんと注意していただかないと」

すみません、と容子はもう一度頭を下げる。何を注意すればいいのかはわからない。ただ、ぼんやりとわかったことならある。人に迷惑をかけてもいいじゃないの、というのは、かけられる立場を想定してのことだった。まあいいじゃない、お互いさまなんだから、といえるのは、こちらに分《ぶ》があるときだ。迷惑をかけている張本人やその保護者が、まあいいじゃないですか、などということはゆるされない。こちらは謝るしかないのだ。電話を切って、容子は唇を嚙《か》みしめる。頭を下げるのがつらいのではない。きっと息子は学校で、日頃から級友たちの前でこんな謝罪を強いられているのだろうと想像するのがつらいのだった。

迷惑をかけるなというのは人のためじゃなかった。自分の身を守るための教えだった。容子の唇は、強く嚙んだせいで血が滲《にじ》んでいる。

その晩、息子が寝室に入ってから容子は慎一に今日の出来事を話した。

「ハルが先生の話を聞かないんだって」

「うん」

「迷惑なんだって」

「うん」

それ以上、続けられなかった。自分の息子が担任に迷惑だといわれている、その事実を夫に告げるだけでこんなに苦しい。いちばん身近なはずの家族にも話すのがつらいのだとしたら、どうすればいいのだろう。身近だからこそつらいこともあるのだ。容子は身をもって知った。これから先、もしも学校でつらいことがあっても、たとえばいじめを受けるようなことがあったとしても、息子は家では絶対にそれを話さないだろう。

蟻だ、と思った。あいつ、蟻の行列を見てたんだ。

柏木温之がしゃがみ込んでいた場所をひと目見て、浅野《あさの》健太《けんた》は瞬時に理解した。そして思い出した。昔。保育園時代。年少組《ネンショー》の頃だったか。園庭で蟻の行列を見ていたら、美幸《みゆき》先生に笑われた。健太くん、カワイイね、蟻なんかそんなにおもしろい？おもしろくねえよ、と健太は即座に答えた。動揺していた。蟻を見ていると、笑われるのか。それなら隠さなくてはならない。蟻はおもしろかった。何時間でも見ていたかった。でも笑われるのはごめんだ。不思議なことに、蟻に興味などないように見せかけていたら、だんだんほんとうに興味がなくなってしまった。何時間でも見ていられた蟻は、一分も見ていればじゅうぶんだと思えるようになった。俺も大人になったな、と健太は思った。さばさばした気分だったが、少しだけさびしかった。

あのときの気持ちを、今はっきりと思い出している。あいつは今でも蟻を見ていられるのか。誰にも笑われなかったのか。いや、そんなことはないだろう。笑われても、動じなかった。それは、ものすごく強いってことなんじゃないか。

足を棒きれのように突っ張らせていた柏木温之が、やがてどうでもよくなったみたいに力を抜いて校舎へと連れ戻されるのを、浅野健太は呆然《ぼうぜん》と見た。ハル、と訴えていた。先生はあっさり無視したけれど、名札を差していたから、きっと自分の名前はハルだといいたかったんだろう。

塚谷亜佐美《つかたにあさみ》と手をつないで二列に並んで歩きながら、こんなことをしている場合じゃない、と思った。クラスにこんなに強いやつがいたなんて。それまでの健太は、保育園では走ればいつも一等だったし、背も高いほうから二番目だったし、女子にもモテた。小学校に上がっても楽勝だと思っていたのだ。

柏木温之。こいつは何者だ。

走るのが速いとか、身体が大きいとか、女子に人気があるとか、そんなことがぜんぶどうでもいいことのように思えた。なんだかわからないけどあいつはすごい。子供心にも怖れを抱いた。だいたい、先生のいうことは聞くものだという思い込みが、いかに固定観念に縛られた、管理側にとって都合のいいものだったかということを、もちろんそんな語彙《ごい》はなかったけれども、健太は直観で悟った。

蟻か。すげえ。柏木温之、すげえや。

それなのに先生はそれを理解しようともしなかったばかりか、彼を叱った。理不尽である。わからずやである。これからの俺は、先生ではなく柏木温之のいうことを信じよう。柏木温之を大事にしよう。健太はそう決めた。自分がまた大人に近づいたような気がした。とりあえず塚谷亜佐美の手をそっと離し、先生に引きずられていく柏木温之の細っこい背中をまぶしく見た。

次の瞬間、ふと、異様な気配を感じた。顔を上げて、健太は自分の目を疑った。校舎の上方で異変が起きていた。上空がピンクに染まっている。なんだろう、この空、この色。信じられないようなピンク。何かすごいことが起こりそうな予感がピンクに塗り込められていた。胸がどくどく鳴った。ふたたびつなごうと伸ばしてきた塚谷亜佐美の手をふりほどき、友達の背中をかき分けて、柏木温之に追いついた。

「ハル、空」

後ろから声をかけると、先生に右手、横山寧々に左手をつながれて歩いていたハルは、足を止め、そのまままっすぐに顔を空へ向けた。三秒か、四秒。ちょうど同じ時間だけ健太も空を見上げていた。これから何かすごいことが起こる、と健太は確信した。健太が顔を戻したのと同時にハルが健太をふりむいて、にこっと笑った。ああ。健太にはわかった。これがしるしだ。ハルのしるしを、俺はちゃんと見つけた。

ハルは勉強ができなかった。一日のうち一秒たりとも勉強のことを考えなかった。学校は勉強をするところです、と先生はいった。柏木さん、聞いていますか、柏木さん。ハルは応えない。柏木さん、あなたは学校へ何をしに来ているんですか、柏木さん。同じクラスの子供たちもハルの声を聞いたことがない。柏木さん、柏木さんっ。先生の声はどんどん尖《とが》っていき、そのうちにハル以外の子供たちがうんざりしはじめる。カシャンと誰かの筆箱が落ちる。誰かと誰かが喧嘩を始める。ハルはじっとしている。先生の声はハルの中には届かない。ハルの声も先生には届かない。そっとしといて。放っておいて。ハルからじんじん発せられる声にならない声は、後ろの席の健太にだけ聞こえている。

渡辺先生がどうしてハルをそんなにかまうのか、よくわからない。先生自身にもだ。行儀が悪かったり反抗したりする子供の扱いには先生は慣れている。頑《かたく》なに反応を拒《こば》むハルのことが、先生はたぶん少し怖い。基盤のどこかに穴が開いているんじゃないか。仄暗《ほのぐら》い気持ちが先生の胸を占める。教育でその穴を塞《ふさ》ぐことができないなら、この子に何をしてやれるだろう。

健太はハルに宿題をやってあげることを思いついた。やってあげるというよりは、やってやらねば、と使命感にも似た思いだった。朝、登校すると、まずハルのランドセルから宿題のノートを取る。真っ白なページを開き、健太は算数の宿題の答えを書いていく。先生が教室に来る前にぜんぶ書き終えてしまえばばれることもない。そう考えてがんばって書く。ハルはそれをぼんやり見ている。健太はハルに感謝してほしいわけではない。ただハルがこれ以上叱られないよう、ハルのためというより自分のためにやっている。ハルが叱られるのを見ているのは屈辱だ。蟻を何時間でも眺めていられた昔の自分が叱られているような苦味を感じる。

始業のチャイムが鳴り、先生が教室に入ってくる前になんとかハルのノートに宿題を終える。間に合ってよかった。健太はひとり、達成感を味わっている。ハルからは感謝の言葉もないが、べつに気にしない。俺って大人だ。そう思ったときだ。机の上に開かせたノートを見てまわっていた先生がハルの机の横で足を止めた。柏木さん、と声を大きくする。普段より険しい顔をしている。宿題は人にやってもらっても何の意味もありません。厚かましいにもほどがあります、と怒っている。消してやり直しなさい。

　ハルが応えないので、先生はさらに憤る。柏木さん。聞こえますか、柏木さん。ついに先生は、立ちなさい、と怒鳴る。ハルは黙って立ち上がる。柏木さん、なんとかいいなさい、柏木さん。先生がハルだけを叱り、クラスはまたがやがやとにぎやかになる。居たたまれなくなって健太も椅子から立ち上がる。僕が勝手にやりました、と健太はいう。ハルは黙っている。やっぱり黙って突っ立っている。消してやり直しなさい、先生がもう一度いう。ハルは動かない。柏木さん、消しなさい。耐えられなくなって、健太はつかつかとハルの席へ行く。机の上に開いてあるノートの文字を、消しゴムで消しはじめる。ハルのために書いた算数の式。答え。健太も猛烈に怒っている。俺はバカだ。こんなもの、やらなきゃよかった。誰のためにもならなかった。得意げに書いた文字を消しゴムで消していく。ハルはそれを黙って見ている。自分で書いた文字を自分で消すなさけなさ。健太の目からは涙があふれそうだ。こんなもの、こんなもの。でもハルの手で消されるよりはずっとましだった。2Bの鉛筆で書かれた濃い数字がページの半ばまで乱暴に消されたとき、消しゴムのカスの残ったページの上に、水滴が落ちた。

　ハルは瞬《まばた》きをする。無色の滴《しずく》を見る。健太は拳《こぶし》のお尻でその水滴をごしごしと拭《ぬぐ》う。

ぽとり。そのすぐ隣にまた水滴が落ちた。ハルにもやっとそれが何かということがわかる。消しゴムを握った健太の手に自分の手を重ねる。健太が驚いてハルの顔を見ると、ハルも健太をじっと見る。何をやっているんですか、と先生がいう。早く消しなさい。ハルは不思議そうに首をまわして先生を見る。

「どうして」

ハルが口を開く。

「どうして消すの」

その声は、か弱い。まだ敬語の使い方も知らない。しかし、その問いはまっすぐだ。せっかく健太がやった宿題を、どうして消すの。先生の顔がさあっと赤黒くなる。浅野さんは自分の分だけやればいいんです。そして柏木さん、あなたは自分の分をやらなければいけなかったんです。ハルはうなずく。

「僕は自分の分を自分でやる。だけどこれは消さない。せっかく健太がやってくれたんだもの」

「消しなさい」

先生が怒鳴る。ハルが首を横に振る。

「消さない」

「消しなさい」

「消さない」

先生はついにハルのノートを取って、床に投げつける。健太も、まわりの子供も縮み上がる。ハルは動かない。じっと先生の顔を見ていると、怒りに満ちた先生のほうが先にハルから目を逸らす。ハルはページが捲《めく》れて床に落ちているノートを見る。歩いていってそれを拾う。折れ曲がったページを丁寧に伸ばす。そこには健太がやってくれた算数の宿題がある。ハルは席へ戻り、ノートを見、それから教科書をじっと見る。

自分でやる。そうはいったものの、ハルには算数がわからない。数字もろくろく書くことができない。鉛筆を握ったまま、ただノートに半分だけ残った健太の文字を見ている。無惨に消された筆圧の強い文字を見、水滴の跡を見る。自分は何か間違っているのだろうか、と初めて思う。生まれて初めて。ただ、友達の水滴のために。

遥名

遥名《はるな》は兄のことがうらやましい。

兄の聡《さとし》は、AB型のRh(一)《アールエイチマイナス》というめずらしい血液型だ。災害があると呼ばれる。輸血のための採血をされる。遥名が見たら目をまわすよ、と兄は笑う。こんな牛乳瓶のでっかいやつみたいなのにいっぱい血を採られるんだぞ。そういいながら得意そうだ。ゆっくりゆっくり時間をかけて、血を抜かれるのだという。生気まで吸い取られるような感じなのだそうだ。

AだとかBだとか、血液の型が見つかるまではきっと大変だったと思う。血が必要な人に誰かの血を入れて、合わなかったりもしたんだろう。遥名も型が欲しい。今必要なものがどの型か、ひと目でわかればどんなに助かるだろう。もちろん、四つの型じゃ足りない。A、B、C、D、E、F、G、アルファベットを全部使っても足りないかもしれない。その型を使えばこの場面を乗り切れる、という定型。もしくは、建前。ポーズ、のようなもの。檻《おり》、鍵穴、といってもいい。約束、とも呼べるかもしれない。何かそういうものを使って、もっとわかりやすく生きられればいいのに。

入学して間もない中学校の教室で、遥名は首を横に振っていた。

「ううん、ごめん、無理」

即座に断ってから、あわてていい直す。

「やだよお、あたしには無理だよお」

笑顔の口元で両手を小刻みに振る。

「遥名なら適任だと思うけどなあ。頭いいし、しっかりしてるし」

香澄《かすみ》も笑顔だ。もうすぐ決めなければならないクラス委員への立候補を打診されているのだった。

まじめな顔をしてくれていたら、もっとまじめに考えたかもしれない。でも、笑いながら話してるんだから、笑いながら断ってもいいよね。遥名は笑顔を崩さぬまま慎重に間合いを計る。

「香澄のほうが向いてるんじゃない？」

「えー、やだ、あたしなんかぜんぜん」

その口調から、ほんとうは香澄自身がクラス委員をやりたいのではないかと遥名は推測する。よくわからない。やりたいならやればいいと思う。やりたいのに一度はやりたくないふりをするのが定型なのか。きっと香澄も中学でのルールがつかめなくて必死なんだろう。型があればいいのに。ここでは、クラス委員をやりたい人がやっていい。そういう型が。

次の学活の時間にクラス委員を決めた。香澄が推薦を受けてあっさり決まった。その後ほんのりと機嫌がいいところを見ると、香澄はやっぱり自分がなりたかったらしい。読み違えなくてよかった。香澄のいう通りに遥名が立候補でもしていたら、大変なことになるところだった。

中学に入ったら、ぎゅうっと窮屈になった。五つの小学校区から集まる、近年荒れていると評判の公立中学校だ。生徒は暴《あば》れ、風紀が乱れ、全体の成績は低迷し、教師たちはそれを挽回しようとして締め付け、生徒たちがさらに反発する。

エネルギーが行き場をなくし、生徒間にも負の作用が働いていた。三年は二年に厳しく、二年は一年に厳しい。教師にも上級生にも睨《にら》まれないよう、新入生はびくびくした。遥名もふるまいがわからず、できるだけおとなしく過ごすことにしていた。

語尾を少しだけ伸ばす。声を少しだけ上げる。そのわずかな甘ったるさが大事だ。このばかっぽいしゃべりのおかげで、攻撃されずに済んでいるのだと思う。攻撃。わからない。誰からされるのか。どうしてされるのか。どんなふうにされるのか。わからないから、怖い。遥名は成績がいい。特にがんばらなくても、いい点数が取れてしまう。勉強ができるというだけで、教師から贔屓《ひいき》されていると難癖をつけたがる人はいる。勉強ができて何が悪い。生まれつき頭がよくて何が悪い。そう思うけれど、絶対に口に出してはいけない。顔に出してもいけない。それでも声には出てしまいそうだから、少し上げる。少し伸ばす。そうやって身を守る。

勉強して、賢い高校へ行くしかないと遥名は思っている。勉強ができても目立たなくて済む、のびのびと勉強していられる高校へ。

そのためにはお父さんを説得しなければならない、とも考えている。遥名の父・洋《ひろ》司《し》は、やさしい人だ。いつも遥名をかわいがってくれて、どんなに仕事が忙しくても週末にはきっちり遊んでくれた。何年か前には車で十時間くらいかけて、東京ディズニーランドに連れていってくれた。開園四年目だったか、遥名が通っていた小学校のクラスには、東京ディズニーランドに行ったことのある人はまだふたりしかいなかった。

洋司は遥名のことをほんとうにかわいがっていた。ただ、かわいいとしか思っていなかった。勉強ができることなど期待していなかったらしい。息子の聡には勉強しろというのに、遥名にいったことはない。聡にはこのあたりで一番の進学校を勧めるのに、遥名には数段劣る私立の女子校を勧めたりする。大学に行かせてくれるとしても、地元から出すつもりはなさそうだ。

だいたい、洋司は娘に遥名ではなく駒子《こまこ》と名付けたかったのだという。『雪国』という小説に駒子という名のヒロインが出てくるのだそうだ。あるときそう教えられて、小学生だった遥名は緊張しながら『雪国』を手に取った。自分の名前のモデルになるかもしれなかった女性が出てくるのだ。わくわくと読みはじめて、怒りで顔を真っ赤にして本を閉じた。何を考えているのだ。あの父は娘に何を望んでいるのだ。駒子は不幸だ。駒子は愚かだ。その名前を娘につけたがるなんて。

実際のところ、父親は特に何も望んでいなかった。かわいい娘がしあわせに暮らしていけるよう、その一心だった。小説を深く読み込んだわけでもない。ただ「こまこ」というかわいらしい響きが気に入ったし、ノーベル賞をもらった小説から取った名前なら、由来を問われたときに堂々と答えられるだろうと考えただけだ。

母親の恵子《けいこ》も、娘がしあわせになってくれればそれでよかった。ただし、『雪国』は読んでいない。知り合いに名前を鑑定してもらったら駒子の画数がよくないというので、いくつか候補を挙げてもらって、中から遥名というかわいらしい名前を選んだ。

さて、中学校に上がって、一か月あまり。たった、一か月だ。それだけの間に、遥名の世界はすっかり変わってしまった。遥名を取り巻いていた世界は、もう遥名を取り巻かない。遥名を混ぜないまま様相を変え、ルールさえ教えない。

一度、リセットボタンが押されたのは遥名も知っている。明るくて元気いっぱいだった子がうざいと一喝され――うざいという言葉をそれまで遥名は知らなかったからよけい困惑した、地味で目立たなくて声の小さかった子が急に華やかになったり――よくよく見たら顔立ちが整っていてちょっと手を加えるととてもかわいくなった、おとなっぽかった子はすぐに二年生の不良とつきあうようになり――学校を早退していく横顔が得意そうだ、誰が何の基準で上へ行ったり下へ転がったりしていくのかわからなかった。

だいじょうぶだ。きちんと戦略を持っていれば、だいじょうぶだ。遥名は考えた。どこで足をすくわれるかわからない以上、できるだけ引っかかりを出さないこと。目立たないこと。小さい頃からずっと、頭がいいといわれてきたのも、きれいだといわれてきたのも、不幸になるためじゃない。

男子とはなるべく接触しないようにした。小学校のとき同じクラスの仲間だったはずの男子たちは、今、大きめの学生服を着て、遠く小さく見えた。頼りなく、物足りない。特に親しくしたいとも思えなかった。

クラス委員になった香澄は活躍中だ。今度クラスで実践するのは挨拶運動にした、と胸を張っている。

「挨拶って、え、おはようとか、こんにちはとか」

「そうだよ、大切でしょ？　クラスで当番決めて、校門の前に立って、ひとりひとりにちゃんと心をこめて挨拶するの。絶対よくなるって、うちの学校」

本気でいっているのかどうかわからなくて、香澄の顔をうかがう。どうしてこの子はこんなに自信をつけたのだろう。生徒会か何かに後ろ盾でもできたのだろうか。なにやら不信感が遥名の胸に渦巻いている。挨拶運動なんて、そもそもくだらない。あたりさわりのないスローガンをつくって掲げようとするのはわかる。小学校の頃から、スローガンはあった。友達となかよくしよう。元気に学ぼう。挨拶をしよう。ポスターや標語になってあちこちにべたべた貼《は》ってあった。ああいうものに意味があると誰が思うんだろう。おはよう、と声をかけあうのは、気持ちのいいことだ。それは同意する。でも、ただの型だ。挨拶をすることですんなりと次のステップに入れるから挨拶をする。ただそれだけのことだ。挨拶自体が大事なのではない。二番目でも、三番目でもない。四番でも五番でもないだろう。もっと大事なことはたくさんある。

そっちを取り上げないで、挨拶か。それも、挨拶そのものではなく、挨拶運動か。

「意味ないよね」

一瞬、自分がいったのかと思ってヒヤッとした。しかし、違った。私ではない、と遥名は安堵《あんど》した。挨拶運動に意味はない。だけど、ここでそれをいっちゃいけない。顔を上げ、声の主を見た。

やはり、里桜《りお》だった。隣の小学校から来た、でも隣の小学校の友達とも離れていつもひとりでいる子。挨拶運動に意味はないが、いいね、というのがここでの型だ。偽善でいい。じゅうぶんだ。それで滞りなく今をしのげるなら。だから、お願い、なんとか合意を得ようとしている型を壊さないで。遥名は里桜を見る。里桜は遥名を見ない。自分は里桜の眼中にはないのだと知って少しさびしい。しかし大いに安心する。仲間意識を持たれては大変だった。

「そうかな」

不満げに、香澄がいった。

「そんなことないよ」

「挨拶運動、いいんじゃない」

里桜以外の子たちが口々に香澄にいう。笑って。取り繕って。遥名も笑おうとして、頬《ほお》がこわばる。里桜のせいだ。里桜がほんとうのことをいうからだ。

ぜんぜんちがう。思っていた中学生活とぜんぜんちがう。もっとほんとうのことに近づいてもいいんだと思っていた。うれしいことにも、悲しいことにも、いっぱい揺さぶられながら生きていくんだと思っていた。できるだけ揺さぶられないように、揺さぶられてもそれを気取られないように、縮こまって縮こまって息をしている。

誰がこの空気をつくっているの？　誰がこの空気を打ち破ってくれるの？　誰が私をここから掬《すく》い上げてくれるの？

遥名は口に出さずに思った。学校にいると息苦しい。卒業するまでこんな日々がずっと続くんだろうか。


ハル、と後ろから呼びかけられて、少し躊躇《ちゅうちょ》した。たしかに遥名は親しい友達からハルと呼ばれていた。ただし小学校の頃だ。たった一か月ほど前のことが、ずいぶん昔みたいに思える。ふりかえって声の主を見る。やっぱり。里桜だった。遥名はちょっと大きめの笑顔をつくり、それを返事とした。なあに、と答えてしまっては、これからこの子にハルと呼ばれるのをゆるしたことになる。

「数学の宿題見せて」

そんなことならお安い御用だ。うん、とうなずいて、遥名は里桜にノートを貸した。ハル、と呼んだのはその一度きりだ。遥名が返事をしなかったからか、里桜はもう遥名のことをハルとは呼ばなかった。それでも、いつも遥名の近くに里桜はいた。遥名はそのことに気づかないふりをした。

「なんで制服ってあるのかなあ」

そういうことを里桜はいった。

「あは、どうでもいいじゃん、制服なんて」

まわりの子たちが小さな声でいう。ほんとうにどうでもいいと思っているのは里桜のほうだ。スカートの丈を短くも長くもせず、上着のウエストを詰めもせず、指定の制服をただそのまま着ている。

「あたしたちって、どこへ向かってるんだと思う？」

そんなようなこともいった。誰も答えなかった。遥名も適当に笑って流した。びくっとしたから。面倒だった。制服という約束を着ることで私たちは留《とど》まっていられる場所を与えられているんじゃないのか。どこへ向かっているのかわからない不安を、ここにいる間は考えないで済む。びくっとしてしまう自分を見ないようにした。

「遥名はほんとうは頭がいいのに、なんにもわかんないふりしてる」

そういったときの里桜は、遥名を睨んでいたのか、鼻で笑っていたのだったか。自分のことも里桜のことも見ないようにしていたから遥名にはわからない。

「ふりじゃないよお」

ほんとうにわからないのだ、と遥名は思う。どこに向かっているのかなど、わかりたくもない。面倒以前の問題だった。

里桜は遥名の顔を真正面からまじまじと見た。

「ねえ、そのばかっぽいしゃべり方、やめたら？」

適当に受け流せ。そう警告が出ているのに、遥名の喉《のど》の奥から感情が飛び出しそうになる。憤りか、怒りなのか、中学に入学以来じっと留めておいた熱い塊《かたまり》が今にも出てきてしまいそうだった。

ばかっぽい？　ばかなふりをしなければ、生きのびられないじゃないの。

目の前の、分厚いゴムみたいに鈍くてしぶとそうな里桜の顔を見る。

「何か思い違いをしてるんじゃないかな」

かろうじて、舌ったらずな口調を保てた。

「あたしは里桜とは違う。むずかしいことはわかんないよ」

ここでむずかしいことを考えても、なんにもならない。なんにもならないどころか、大変なことになる。ここを抜け出してからでないと、何も意味も力も持たない。

　顔がかわいかったから不良の先輩に好かれて、あっという間に髪が金色になった久美ちゃんのこと。テスト勉強した時間を正直に申告したばかりにガリ勉として蔑まれることになった平田さんのこと。今目の前にいるこの子も、すでに、明らかに、浮いている。

「本気でいってる？」

　里桜は詰め寄った。まずい、と思った。これ以上、教室で話すのはまずい。遥名は席から立った。つくり笑いは顔に貼りついたままだ。急ぎ足で廊下へ出ると、後ろから里桜がついてきた。

「ねえ、遥名」

　遥名はふりかえらず、そのまま階段のほうへ歩く。

「ねえ、待って。あんなに勉強ができるのに隠して、きれいな顔が目立たないように眼鏡をかけて、わざと変なしゃべり方して、つくり笑いして、楽しい？」

　駆け足で踊り場まで下りたところでふりかえった。

「ふざけないで。里桜と一緒にしないで。楽しいかどうかなんて、人それぞれでしょう。私は私のやりたいようにやるの」

追いついてきた里桜は、遥名が見たことのない顔をしていた。

「やりたいように？」

走って階段を下りる遥名の背中に、里桜の声が届く。いや、届きそうで、届かない。やりたいように——やれる人がいるわけがない。だから、ふりはらう。遥名は必死でふりはらう。


五月の第二週、連休が明けてすぐに新入生歓迎イベントのひとつとして校外学習が行われた。ぜんっぜんおもしろくないから覚悟しとけ。兄に聞かされ、遥名はうんざりした。もとより期待などしていなかったのに。午前中に市内のデイケアセンターにお年寄りを訪問し、次に消防団の吹奏楽の演奏を聞き、お昼に市内のいちばん大きなホテルでマナー研修を兼ねた昼食会。いわれなくても、ぜんっぜんおもしろくなさそうだ。

一年前に同じ中学を卒業して高校へ進んだ聡は優等生だった。勉強ができて、運動もできて、見た目もまあまあよくて、きちんとした中学生だったと思う。たしか生徒会の役員もやっていたはずだ。家ではあまりしゃべらないからよく知らないのだけれど、中学に入ってから、おまえが大野《おおの》の妹か、と教師に声をかけられるのはたいてい好意的な印象だった。

ぜんっぜんおもしろくないんだよな、と笑いながら駄目押しする聡に、ふと、型を聞いてみたくなった。お兄ちゃんはどんな型を使ったの。あの学校の閉塞をどうやってしのいだの。――でも、聞かなかった。兄は兄だ。Ｒｈ（－）の人だ。きっと自分だけの型を見つけて、たくさんの波をやり過ごしてきたのだろう。この頃の穏やかな顔を見ていると、やっぱり高校へ入るまでの辛抱かなと思う。

聡のいった通り、そして遥名自身も予期していた通り、校外学習はぜんっぜんおもしろくなかった。催しが悪いのではなく、こちら側が悪い。楽しもうという土壌がない。ばか騒ぎをする一団と、その騒ぎに辟易《へきえき》するその他大勢、その大勢の中にもお互いを牽制《けんせい》するような雰囲気が充満していた。

お昼の食事会は、市内で最も格式のあるとされているホテルで行われた。市長代理の挨拶があった後、ホテルの支配人が登場して話しはじめた。食事のマナーについてのはずだったのに、つまらない話だった。起承転結がない。つかみどころもない。ただ続いていく。型通りにしてほしい、と遥名は思った。型通りの挨拶で、お約束の話で、ここはひとつ。

話はいつまでも続いた。フォークとナイフの使い方から、ウミガメのスープの話まで。わけがわからなかった。ホテルで食事をするというのは、こういう苦痛を伴うものなのか。退屈な話を延々と聞かされながら、食事が運ばれるのを待つしかないのか。とうに正午をまわっていた。扉の向こうには、最初のスープが準備されているだろう。同級生たちからだんだん生気が抜けていくのがわかる。町で一番の宴会場。白いテーブルクロスのかけられた長い長いテーブル。そこにすわらされた三百人の中学生。蛇のように続く話。この町に天皇陛下がお越しになられたとき、と支配人は話している。当ホテルのレストランでお食事をなさいました。遥名の頭はぼうっとしてきた。話はどうでもよかった。食事もどうでもよかった。もう帰りたかった。われわれは天皇陛下をお迎えするために蟻の子一匹通さぬ覚悟で厳重に注意を払いました。

遥名はぼんやりと顔を上げる。宴会場の大きな窓から空が見える。その空の色が妙に明るい。たしかに、晴れてはいた。だけど、なんというか、映画みたいな色だ。屋根裏から床下まで、すべててんけんを行いました。支配人が話している。てんけんを行ったところだから、もうそろそろ天皇陛下がお見えになるはずだ。どこまでこの話が続くのかわからないけれど。

われわれは注意に注意を重ね、何週間か前にはホテルの従業員が全員けんべんを行いました。てんけんの次はけんべんか。そう思ってから、遥名は支配人の顔を見た。

けんべん？　というのは、検便のこと？　それを、今、食事のマナーの話に出す？

「なんなの。いったい何の話がしたいの」

声がした。まわりがしんとなった。支配人が話をやめ、遥名のほうを見ている。

驚いたことに、まったくもって驚いたことに、声の主は遥名だった。テーブルの同級生たちも遥名を見ている。

支配人の話はそこでぴたりと終わった。遥名のおかげ、だろうか。遥名は動揺していた。困惑もしていた。宴会場はざわめいているが、遥名に声をかける人はいない。遥名自身もどうして自分が我慢できずに声を上げてしまったのかわからない。まわりの同級生たちが視線を合わさぬようにしているので、遥名は居たたまれなくなって視線を宙にさまよわせた。

その視線が窓の外に釘付けになる。何かがおかしい。さっき、映画のシーンみたいだと思った窓の外が、奇妙な明るさを増していた。五月の晴れた空は、ピンク色に見えるんだっけ。それとも私の目がおかしいのかも、と遥名は思った。私の頭がおかしくなっちゃったのかも。深呼吸をして、なんとか目を逸らす。窓の外の空で、何かが起きている。

扉が開いて、一斉に食事が運ばれてきた。長いテーブルの隅から隅まで、三百人分のスープが置かれ、ようやく食事が始まる。遥名に食欲はない。目の前の冷めたスープに手をつける気になれない。しかし、辛抱だ。飛び出さないための、型を見つけるまでの、自分で入る檻を探し出すまでの、辛抱だ。

検便、と得意そうに話していた支配人の声が耳によみがえる。検便で何かが見つかっただろうか。スープはおいしくなっただろうか。遥名はスプーンを置く。飲みたくない。ぜんぜん飲みたくない。

ずずざざっ、と音がした。見ると、斜め前の席で、里桜がスープ皿を持ち上げて、直接口をつけて飲んでいる。ごくごくと飲んでいる。呆気《あっけ》にとられている遥名を、里桜は両手でスープ皿を持ったまま見て、にやりと笑った。

ああ、そうか。遥名は悟る。里桜なりのエールのつもりだ。不覚にも胸がじんとなりかけたのを、なんとか持ち直す。遥名はスープ皿を持ち上げない。スプーンですくってひとくちずつ飲む。音を立てずに、マナーを守って。

「まずい」

声が聞こえた気がした。遥名は目を伏せる。幻聴だろうか。それとも、もしかして、また無意識のうちに口にしてしまったのか。冷や汗をかいている。もう、飲めない。スープは、まずかった。それを声に出してしまうことが怖かった。遥名はうつむいたまま頭を振って、もう何も考えないようにする。万一、また声に出してしまったらおごとだ。これからどうやって中学生活を送ればいいのか途方に暮れる。

呼吸が荒くなっている。どこかが間違っている。目を上げると、ピンク色の空が窓の外で光っていた。

ちがう。まずいと正直にいってしまうのが怖くて飲めないんじゃない。まずいから飲みたくないんだ。どこからお金が出ているのか知らないけれど、中学生に出すスープだからまずくて平気なんだろう。まさかこのまずいスープを天皇陛下にお出ししたわけではあるまい。

遥名は顔を上げ、窓の外のピンク色を見た。たしかにピンクだ。見たこともない空だ。

スープ皿が下げられ、慌ただしくメインディッシュが運ばれてきている。鮭《さけ》のソテーだ。鮭だよ、と隣の席の子が向こうの席の子に囁《ささや》いている。冷えてるよ。げー。耳に入ってきた囁きに、遥名は安心する。さっき、まずい、と声がしたのは、たぶん私じゃない。近くの誰かが正直な感想をつぶやいただけだ。

鮭って安いよね。安いから安い料理に使われるんだよ。声が聞こえる。誰がしゃべっているのかわからない。骨をナイフで取り除くんだって。無理だよ。無理に決まってるじゃん、こんな太いナイフで、細かい骨を取れるわけないよ。でもそれがマナーなんだって。どうしても取れなかったら、口に入った骨はナプキンで口元を隠しながらフォークに出すんだって。出してどうするの。どこに隠すの。そもそもなんで隠さなきゃいけないの。鮭を。鮭の骨を。

運ばれてきた鮭に遥名はフォークをざくっと突き立てる。そのまま口に持っていって、がぶりと食べる。隣の子が驚いたように遥名を見ている。斜め向かいの里桜と目が合う。がぶり。がぶり。おいしくもないが、まずくもない。ただの冷めた鮭のソテーだ。里桜がうれしそうに笑う。そうして彼女も鮭をフォークで刺して口へ持っていく。ふふふふ。笑っているのは遥名だ。ふふふふ、ふははははは。ナイフとフォークのカチャカチャいう音しか聞こえない宴会場に、遥名の低い笑い声が響く。あはははは。里桜の笑い声も重なる。遥名と目を見合わせて笑う。あはははははは。

ねえなんであんたが笑うのよ、あつかましいじゃないの、一緒になって笑わないでよ。ちょっとそう思ったのに、あはははあははは、笑いが止まらなくて、遥名は笑い続けた。何がおかしいのか、ぜんぜんわからなかった。

第2話

1997年　9月

ハル

歯が抜けた。右下の、八重歯《やえば》のひとつ奥の歯だ。ずいぶん長くぐらぐらしたままそこにあったが、国語の時間に暇に飽かして指で押していたら、ぐいっと力が入った。

「あ……」

ハルが少し血のついた指を口から出すと、隣の席の女子が露骨に顔を顰《しか》めて机を離した。

制服のポケットに手を突っ込んでハンカチを探す。きれいに畳まれた綿のハンカチは、先週だったか、母に渡されて入れたままのものだ。そこに口からぷっと白い歯を吐き出す。虫歯のない、平たい歯だった。

「どうした、何やってる、柏木」

国語の先生に名指しされて、ハルは首を振る。

「ん？　血が出てるじゃないか。口を切ったのか。保健室行ってこい」

歯が抜けただけなのだ。保健室へ行く必要はないだろう。そう思ったけれど、黙っていた。まだ歯茎から血の味がしていた。

「柏木くん、歯が折れたみたいです」

隣の席の女子がハルのほうを見ずに先生に申告している。先生の顔が険しくなった。

「折れたって、柏木、どうしたんだ」

だいじょうぶです、とハルはいった。抜けただけです。

しかし、その声はくぐもっていて、まわりには何をいっているのかわからない。

「いいから、早く保健室へ行け」

それ以上反論する気も起きず、ハルは席を立つ。白いハンカチに包んだ歯を手のひらに握りしめ、廊下へ出る。教室の戸を後ろ手に閉めて、ほっと息をついた。

ハルは授業が苦手だ。退屈で、窮屈で、ほとんど耐えがたい。しかし、隙《すき》があれば逃げ出していた小学校時代と違い、中学生の今は自分の席でできるだけおとなしくしている。そのほうが、あとあと楽だということを学んだからだ。逃げれば捕まえられる。延々と怒られる。無駄なことだと悟ったのだ。

廊下の窓から校庭が見える。どこかのクラスが体育で走らされている。ハルはゆっくりと歩く。階段を下り、西の校舎へ渡る。このまま廊下がどこまでも続けばいいのにと思う。しかし、保健室はある。わがもの顔でそこにある。

ハルは保健室も苦手だ。放っておいてもらえたらありがたいのに、気が抜けない。身体の状態を根掘り葉掘り聞かれ、結局は自由にしてはもらえない。それでも、教室にいるよりはいくらかましだった。

「歯が抜けました」

保健室の入り口で声をかけると、養護教諭はぽかんとハルを見た。三十前後の痩《や》せぎすの先生だ。彼女は二、三度神経質そうに瞬きをしてから、うがいをしていらっしゃい、とだけいって背中を向けてしまった。

ハルが洗面所へ出ていこうとすると、ふと彼女がふりかえった。

「ずいぶん遅かったのねぇ」

はあ、と曖昧《あいまい》にうなずいて、ハルは何が遅かったのだろうと考える。

「洗ったら、見せて」

歯を、だろうか。うがいの済んだ、歯の抜けた口内をか。

洗面所で口を濯《ゆす》ぐ。二、三度繰り返し、握りしめていたハンカチを開くと、うっすらと血のついた歯が埋もれていた。

そういえば、夏休みが明けてすぐに、音楽の先生がクラス全員の声変わりの度合いを調べたことがあった。合唱コンクールのパート分けのためだという。その結果、一年二組十六人の男子のうち、完全に声変わりが終わっている生徒がふたり、まだまったく始まっていない生徒がひとりで、残りの十三人は、程度の差こそあれ、声変わりの真っ最中だということが判明した。先生は、声変わり中は無理をして声を出しすぎないようにと注意をし、それからハルのほうを向いて微笑《ほほえ》んだ。

「早い遅いは、最終的な声のよさには関係ないから、気にしないことよ」

もとより気にしていなかったハルは、もっともらしくうなずきはしたものの、なぐさめられているらしいことに首を捻《ひね》った。声変わりが早くても遅くても、声がよくても悪くても、べつにどうでもよかった。

秋になり、ハルの声はまだ高いままだ。今日は歯が抜けた。上の乳歯もたしかまだ生え替わっていないはずだ。遅い、とまたいわれるのだろう。

遅いとか、のろいとか、とろいとか。指を差される。笑われもする。ハルはそれを特に気にしていない。好んで遅いわけではない。だけど、もしも選ばせてもらえるとしても、やっぱり遅いほうを選んだような気がする。遅くていいと思っている。早くても、遅くても、結局は同じ場所にたどり着くのではないか。

遅い。何もかも遅い。声変わりも、歯が抜けるのも。気がつくとまわりのみんなの声が低くなっていて、乳歯は永久歯に生え替わっていて。いつか気がつくと、まわりに誰もいなくなっているのではないか。気がつかないほどの早さでみんなは行ってしまう。ほんとうにご苦労さまだと思う。それだけ急いで行きたい場所があるというのは、きっとわくわくすることだろう。自分が遅れるのは当然だとハルは思う。わくわくするのは、どこへも行かないときだから。自分は移動せず、他の何かが動いていくのをじっくりと眺める。そのほうがずっと好きだった。

「どれ、見せてごらんなさい」

保健室の先生が、右手をハルに向けて差し出した。骨ばった指の関節がごつごつしていて、男みたいだった。ハルは女や女の子が苦手だ。ごつい手は好ましかった。ハンカチで包んだ歯を見せると、彼女は、へえ、と覗《のぞ》き込んだ。

「これ、どっちの歯?」

どっちって、どっち? 何と比べてどっち? 答えられずにいると、

「上の歯なら縁《えん》の下に投げるのよ。下の歯だったら屋根の上。知ってるでしょ?」

ハルはうなずいた。

「屋根です」

「あら」

先生は鼻の頭に皺《しわ》を寄せた。

「残念。ここから放っても、校舎の屋上までは届かないわねえ」

そういうと、ハンカチの中の歯をひょいっと指でつまんだ。ハルの胸がどくんと鳴る。骨をじかに撫《な》でられたような、なまなましい感触があった。先生は、ついさっきまでハルの口の中に生えていた歯を自分の目の高さまで持っていって表から裏から眺め、ふうん、と言った。

「君ね、親に感謝。大事に育ててもらった子だ」

意味がわからなくて彼女を見る。

「歯を見ればだいたいわかるのよ。その人がどんな人か、どんなふうに育てられたか、今どんな暮らしをしているか」

先生は、人差し指と親指で挟んでいたハルの歯を、はい、と返してくれた。

その人がどんな人かわかるだなんて、ほんとうだろうか。自分にもつかみようのない自分のことが、歯に書かれているというのだろうか。

「投げようか」

急に楽しげな声で、先生がハルの顔を覗き込んだ。

「せっかくだから、思いっきり上へ向かって投げよう」

ハルがたじろぐほど熱心な口調だった。

「急いで教室へ戻ったってしかたないでしょ。ほら、中庭へ出て」

戻りたくないことも、もしかしたら歯に書いてあるのかもしれない。ハルは白衣を着た細い身体の後ろから、中庭へ向かった。


授業中に歯が抜けて、保健室へ行き、養護教諭と一緒に中庭で歯を投げた。

実際に起こったのは、それだけだ。しかし、話は思わぬほうへ広がった。ハルの歯は、抜けたのではなく折れたことになっていた。それも、折れたのではなく、折られた。ハルが誰かに殴られて、歯が折られたことになっていたのだ。

そういえばあのとき、隣の席の女子がそんなようなことをいっていたのをハルは思い出した。それに尾ひれがついて噂《うわさ》になったのだろう。

もちろん、そんな事実はない。でも、勝手にまわりが納得してしまった。ああ、あいつはいじめに遭《あ》っていたのか。休み時間に殴られて歯を折られたのか。ざわざわするような、ひりひりするような、たくさんの視線をハルは感じた。そのくせ、ハルが顔を上げると、ふいっと視線が外される。

めんどくさいなあ。

ハルが思ったのはそれだけだ。痩せっぽちの養護教諭と歯を投げたことも、誰かに呼び出されて殴られ歯を折られたことも、ほんとうにあったことなのか、そうではないのか、あやふやでずいぶん遠くの記憶のように感じられた。

ハルは特に否定しなかった。そのせいもあって、噂はあっという間に広まった。

噂は当然、担任の耳にも入った。事情聴取され、両親の知るところとなった。誰にも殴られていない、というハルの証言をどれだけ信じてもらえたかは不明だ。放課後、母とともに校長室に呼ばれた。殴られてはいないにしても、いじめらしきものの気配があると先生は深刻そうな顔をした。いじめられる要因がハルの側にあるとでもいいたげだった。

「温之くんに何か不審な点が見つかったときには、いつでも学校のほうにご連絡ください」

先生は、ハルにではなく、母の容子に向かっていった。母はしおらしく頭を下げていたが、学校からの帰り道にはいつも通りだった。いじめのいの字もいわなかった。

家に着き、玄関で靴を脱ぎながら、ふと思い出したように、

「学校なんて、いつ辞めてもいいんだから」

といった。うん、と返事をし、とりあえず学校を辞めるつもりはないことを伝えたほうがいいのかどうか、少し迷った。心配をかけたくない気持ちと、でもきっと母は

息子がほんとうにいじめに遭っているわけではないことをわかっているだろうという気持ちが混じり、そのままにしてしまった。

ハルは教室でひとりでいるのに慣れている。ずっとひとりでいることが、級友から疎《うと》まれている証拠ではないかといわれればそれまでだ。しかし、ハルはひとりで何の不都合もない。数少ない友達とたまに会えれば楽しいけれど、みんなそれぞれ忙しいのだろう。ハルよりはずっと早く、ずっと先を歩いているように見える。小学校の頃から仲のよかった浅野健太は、サッカー部で活躍しているらしい。たまに姿を見かけると、それだけでハルは満足した。

その日の夕食のとき、父の慎一がむずかしい顔をしているのにハルは気がついた。気がついたというよりも、気がつかされたというほうが正しい。慎一は何かおもしろくないことがあった場合には、自分が今おもしろくない気分でいるのだということを妻や息子に知らせたがる傾向があった。

ハルにもわかった。学校に呼ばれたことを、容子が慎一に話したのだ。容子は、ハルの予想以上に、今日のことを気にしていたようだ。普段なら学校に呼ばれたくらいで慎一に話したりはしない。つまり、容子はハルがほんとうにいじめられているかもしれないと思っているのだ。

「なおせばいい」

箸《はし》を置いて、ぶっきらぼうに慎一がいった。

「なおす……？」

聞き返したのはハルではない。母だ。

「なおすってどういうこと？」

口調は穏やかだったけれど、もちろんただ単に聞き直したわけではない。この頃の慎一と容子は一歩ずつ穏やかに、静かに、亀裂を深めていくようだった。

「だから、温之がそういう目に遭うのは、温之の態度にも問題があるからだろう」

すぐに反論しかけた容子を、慎一は強い口調で遮った。

「まあ待てよ、俺の話も聞けよ。からかってる連中のほうが悪いのは百も承知なんだ。だけど、からかわれないよう自衛することも必要なんじゃないのか。温之だっていつまでも子供じゃない。俺たちが守ってやれないときに、温之が自分で自分を守れるよう、現実的に、具体的にアドバイスするのが親の役目じゃないか」

しばらく間が空いた。ハルも黙っていた。

「なおすってどういうこと？」

さっきとまったく同じことを、容子が聞いた。

「温之のどこをどういうふうになおせばいいの？　なおさなきゃいけないところがあるのかしら。そこをなおしたら、他のどこかがおかしくなっちゃうんじゃない？」

まるで女の子みたいだ、とハルは思った。

誰かの意見が君臨する。それはたぶん正しいか強いか大きいか、何かそういう、簡単には反論できない力を持っている。そういうときに、女の子は、小さな声でいってみるのだ。届かなくても、却下されても、いわずには気が済まないのかもしれない。

花井《はない》さんのことを、ハルは思い出している。小学校の同級生だった、こけしみたいな女の子だ。学級会で何かを決めるとき、ハルはたいてい蚊帳《かや》の外だった。多数決を採るときに手を挙げることもなかった。だから、他の子のことを客観的に見ることができたのかもしれない。

なぜか花井さんはいつも、多数決で却下されるような意見をいった。たとえば、六年生が昼休みに体育館を使える金曜日、クラスでするのはドッジボールと大縄跳びのどちらがいいか、という議題のときに、読書、と発言した。もちろん、意見は通らなかった。花井さんは、ドッジボールに決まって男子たちが雄叫《おたけ》びを上げているときに、自分の席にすわったまま何かつぶやいた。隣の席だったから、ハルにだけ聞こえた。

「みんなでドッジボールやらなきゃいけないなんて、そんなの休み時間じゃない」

花井さんはそういった。

なるほどなあ、とハルは思った。たしかに、そんなのはぜんぜん休みにならない。学級会で決まったことが正しいわけではないのだ。大きな声でいえるほうが強いけれど、弱いからといって間違っているわけではないのだ。ハルにとっては発見だった。それまでのハルは、正しいか、間違っているか、考えることもなかった。正しいか。間違っているか。そこにハルの興味はなかったのだ。まして、学級会での議題に自分の考えや意見が関与することなどないと知っていた。

そうではなかったのかもしれない。関与するかどうか、できるかどうか、そういうこととは別に、自分の考えがあってもいいのかもしれない。ハルは感心して花井さんのふっくらした頰を眺めた。

とはいえ、それからのハルが、通らなくても自分の意見をいうようになったなどという事実はない。自分の考えに重きを置くことも相変わらずなかった。人の考えを尊重するわけでもない。ただ、やりたくないことはやらない。そこだけは一貫していた。

そういえば、この頃花井さんを見かけないな、とハルはさっき容子が淹《い》れてくれた食後のお茶を飲みながら思った。

その間に、慎一と容子の口論は激化していた。なおす、という単語に母はこだわり、父はそれを揚げ足取りだと断罪した。直さなければならない間違いや、治さなければならない病《やまい》のようなものが、自分にはあるのだろうか。ハルとしては、どちらでもべつにかまわない。なおすつもりがないからだ。

ハルはそっと席を立った。自分のことがきっかけの口論ではあったけれど、もはやそれはきっかけに過ぎない。

そういえば、花井さんを見かけない。リビングを出て階段を上りながらハルは思った。あのぼそぼそとつぶやくように自分の意見を述べるときの、ひねくれた顔をしばらく見ない。自分があの顔をまた見たいと思っているかどうかも、はっきりしなかった。

ハルは勉強も運動も好きではない。押しつけられる感じが苦手だ。学校にいる間は、たいてい何か他のことを考えている。たとえば、教室ではいつも地図を開いていた。地図を読んでいると、いくらでも時間が過ぎた。

ハルは本をほとんど読まない。五分くらいは読めるのだが、そこから先は文字が文字としてしか読めなくなる。意味が取れなくなってくる。だから、健太が貸してくれたロビンソン・クルーソーは、いつまで経っても無人島に着かない。無人島を出られないのではなく、無人島に着く前に、漂流さえする前に終わってしまう。漫画もそうだ。だいたい五分くらいしか意識がもたない。登場人物の紹介が済んだあたりで、ページを閉じることになる。

「なんだよ、おもしれえのに」

健太は不満そうだがしかたがない。おもしろいものを共有しようとする気持ちも、実はハルにはよくわからない。

ハルが好きなのは、地図だ。地図なら何時間でも読んでいられる。地図帳の一ページ目からしずしずと開いて、地形図の美しさを堪能しながら次のページへ進む。四百六十万分の一の日本全図が現れる。青い海に浮かぶ、東を向いたタツノオトシゴのような陸地。薄い黄緑。肌色。ベージュ。黄土色。薄い茶色。それはだんだん濃くなって、山の頂《いただき》へ続く。ひゅうっと音を立てて、ハルの目は高く上っていく。日本を上空から見下ろしている。風が吹き、雲の切れ間から見える晴れた日本は美しい。

国土地理院の二万五千分の一の地図にうっとりする。平野があり、川があり、山があり、道路が走る。道路に並行するように、線路が通る。駅があり、町がある。見も知らない人々が歩いている。たくさん歩いている。その道をたどれば、また次の町がある。学校があり、市役所があり、消防署がある。田畑があり、果樹園があり、家がある。地図を読みながら、人々の営みを追うのは、飽きない。

ただし、ハルにとっての人々とは地図の中で息づいている、ありんこのような人々である。身のまわりの、手の届く範囲にいる人々ではない。ハルは同級生の顔も名前もほとんど思い出せなかったし、担任の名前も覚えていなかった。同級生たちが一列に並んで歩いていくところを見ても、心は動かない。蟻が歩くほどの感慨も抱けなかった。蟻の行列を眺めているときには感じる人々の営みを、生身の人間には感じられないのだった。

教室でいつもひとりだったせいもあり、ハルはますます地図に没頭した。隅から隅まで眺め、山の頂に立ち、やがて下り、道をたどり、川を追う。通り過ぎる町の名前、注ぐ湾の形、海の深さ、潮の向き、獲れる魚の種類。ひとつひとつ確認しては、ひっそりと飲み込んでいった。

ハルが歯を折られたという噂は勝手に転がった。歯を折られた生徒は、折られていい生徒として認識されてしまうらしい。それまで静かだったハルの周辺が、露骨に荒立ちはじめた。登校すると、机が横倒しになっていたり、椅子に落書きがされていたりする。給食のときに、ハルの分だけ配られなかった。列に並んで受け取りに行ったハルは、自分の分がないのを知って給食当番の生徒の顔を見た。

「あれ？　おまえも給食要るの？」

にやにや笑いながら、眉毛が段違いになった品のない顔でその生徒がいった。たしか、勝野《かつの》だったか、勝田《かった》だったか。ハルは正確な名前を覚えていない。

「頭数に入れてないんだよ、おーまーえーなーんーかー」

その生徒は意味もなく歌うように語尾を伸ばすと、げらげら笑った。

ああそうなんだ、と思っただけだ。数に入ってないのも気楽でいいな。そういう気持ちがハルの頭のどこかにあった。

だから、放課後、健太が勝野を呼び出して殴ったというのを聞いて、申し訳ないような気分になった。わざわざ殴らなくてもよかったんだ。でも、ハルの身体は、胸からお腹《なか》にかけてぐっと熱くなった。

殴った後の勢いで健太は部活を休み、久しぶりにハルと連れ立って帰った。

「頭数に入れてないっていうのは、まあ、ほんとうかもしれないな」

校門を出たあたりで、ようやく健太はいった。

「数には入れない。つまりさ、ハルはとっておきなんだ」

ハルは黙って健太のうつむき加減の横顔を見た。

「ほら、蟻にも頭数に入ってないやつがいるっていうだろ。働き蟻がせっせと食料集めてるそばで涼しい顔して怠けてて、あ、いや、ハルがほんとに怠けてるってわけじゃないぞ。けど、ほら、傍《はた》から見ればそう見えなくもないってこと。それでさ、蟻の社会は八割の働き蟻で成り立ってるわけなんだけど」

ハルはうなずいた。蟻の話なら得意だった。

「その怠けてる蟻を取り除いちまうと、全員が働く蟻のはずなのに、残った働き蟻のうちのまた八割しか働かなくなるんだって」

「うん」

「うん」

健太も重々しくうなずいた。

「それって、なんでだか知ってるか」

自分で聞いておきながら、ハルが口を開く前に健太がぱっと顔を上げた。

「いざというときのためなんだよ」

怒っているみたいに頰が紅潮していた。

「いざというときに、その自由な蟻たちが力を発揮するんだ」

いざというときというのが、どんなときなのか、ハルにはわからない。蟻の「いざ」なら、敵に襲われたときや、大雨で巣が埋まり多くの同胞が流されたとき。そういう予期せぬ災害に遭ったときの予備要員ということだろう。

しかし、人間の「いざ」というのが、しかも自分の力を発揮できる、自分が働き蟻になれる「いざ」がどういうときなのか、ハルには見当もつかなかった。

怠け蟻は、いわゆる「遊び」だと思っていた。車のハンドルを切るときに、まわした分だけ正確に曲がってしまうのがほんとうの意味での精密さなのだけれど、ハンドルに「遊び」がなくその精密さが適用されると、かえって危険になる。そういう、「遊び」を怠け蟻が体現しているのだとハルは思っていた。

「まあ、そういうわけだから」

健太はにやりと笑った。

「気にすんな。おまえはいざというときのための人間なんだ」

気にしてはいなかった。でも、健太が自分をなぐさめてくれようとしていることは、ハルにもわかった。

健太の唇の端が切れて、血が滲んでいた。

「どうしたの、口」

ハルが血の出ているところを指すと、健太はいわれるまま拳で口を拭《ふ》き、そこに血がついたのを見て眉をひそめた。

「やべ」

勝野を殴ったときに、殴り返された傷だった。

「親ってどうして、転んでできた傷と喧嘩でできた傷を見分けるんだろうなあ」

そういって、ハルに向かってちょっと笑った。

ありがとうも、ごめんも、違うような気がした。健太はきっと勝野を殴りたいから殴ったのだ。

「そういえば、花井さんってどうしたの」

ハルが唐突に聞いたので、健太は面食らった顔になった。

「花井って、あの、フグみたいな花井？」

フグみたいだっただろうか。ハルは少し考えた。そもそもフグの顔を思い出せなかった。

「フグかどうかわからないけど。こけしみたいな感じの」

「俺の知ってる花井はフグみたいだった。いつもふくれっつらしてて」

「ああ、その人だ。その花井さんだ」

うなずくハルを、健太が不思議そうに見た。

「花井なら、どっかの私立に行ったろ」

「あ、そうなんだ」

ハルにとっては、それで気の済むことだった。あえて言葉にするなら、私立に進んだのなら最近見かけないのは当然だな、というくらいの気持ちだ。

しかし、健太は急に不機嫌になった。

「花井がどうかしたのか」

詰問調でハルに尋ねる。

「どうもしないと思うよ。今どうしてるのか知らないけど」

「いや、そういうことじゃなくて」

それからしばらく健太は考えているような目をしていたが、やがてどうでもよくなったらしい。

「花井はフグだと思ってた」

明るくいい切ってハルの反応を見る。ハルが賛成も反対もせず、いつもの調子で歩いていくのを見て、健太は穏やかな気持ちになった。

遥名

翼が生えてくるんじゃないか。いつか飛べるんじゃないか。

ほとんどばかみたいに夢を見ていた。夢というより、希望か。希望より少し現実に近い、期待だったろうか。目が覚めてふと肩越しにふりかえったら背中に大きな羽が生えている朝が、ほんとうに来るんじゃないかと思っていた。

遥名は大学生になった。上京し、女子寮に入った。それからもう半年近くが経つ。東京へ来て驚いたのは、立ち上がりが遅いことだ。昔持っていたパソコンみたいに、起動に時間がかかる。まわりの学生たちがみんなのんきに見える。人は足早に歩いていくのに、電車はひっきりなしにホームを出ていくのに、遥名のまわりがダイナミックに動くところを一度も見なかった。

もっと変わるものだと思っていた。地方都市の県立高校から華々しく飛び出したつもりだった。小学校に上がるときよりも、中学や高校に進むときよりも、大学に入るときのほうが興奮していた。志を持った人たちと机を並べて、学んだり、教わったり、ときには議論したりしながら、切磋琢磨《せっさたくま》していくものだと思っていた。

「やだ、遥名、古いよ」

学食近くのベンチにすわって、同級生の美香里《みかり》が笑う。

「明治時代の人みたい」

美香里はブリックパックのりんごジュースをストローで吸っている。

「まじめだね、遥名って」

まじめか。たしかにそうかもしれない。でも、誰だってまじめになるだろう。これからやっと人生が始まる、そんなときにまじめにならない人なんているのか。

「あたしはとにかく地元を出たかっただけだから」

しゅこっと音を立てて、へこんでいた紙のパックが膨らむ。美香里はそのままストローから唇を離して、やわらかく微笑んだ。

「がんばる方向を間違えたくないの。学者になるわけじゃないんだから」

「学者にはならない？　もう決めたの？」

遥名が尋ねると、こっくりとうなずいた。

「とーぜん。考えたこともないよ」

明るくいい切られて、返す言葉がない。遥名だって真剣に学者になる可能性を考えているわけではない。でも、もしかしたらもっと専門的に勉強したくなって、ゆくゆくは学者になりたいと願うようになるかもしれない。

地元を出たかっただけなら何もこの大学に来る必要はなかったはずだ。けっこうな偏差値の、そう簡単には入れない難関大学だ。

「学者になった女の子って、しあわせになるのむずかしそう」

そう軽々といってのける美香里ほど、遥名は自由になれない。女の子だけど勉強をしに来たつもりだ。究めようと思ったら、院に進むことだってありえると思う。

「美香里はここに何しに来たの？」

できるだけやわらかい口調を心がけて聞いてみる。

「だから、出たかっただけなんだって、あの田舎を」

出たかっただけでここに入れるとしたら、逆にたいしたものだと思う。遥名はこれでもずいぶんがんばった。最後までA判定が出なかったのを、不安に苛《さいな》まれながら受験して、なんとか合格したのだ。

くるんと巻き毛をつくった美香里のかわいらしい髪型は、田舎だという郷里を出て東京に来てから習得したものだろうか。

「あ、ちょっとごめん」

バッグのポケットからPHSを出して耳に当てる。もしもし、と出た途端にうれしそうな顔になった。しばらく話してから電話を切り、ねえ、と遥名に向かって聞く。

「今夜、岩田《いわた》くんたちと会うんだけど、向こうも友達連れてくるんだって。遥名も来ない？」

うーん、と遥名は言葉を濁す。

「二対二？」

聞いてみたら、美香里は首を振った。

「もっと多くなるみたい。コンパって感じかな。よかったら遥名も誰かに声かけてよ」

美香里はそういってさっさとベンチから立ち上がった。

岩田くんという人とは遥名もコンパで会ったことがある。遥名たちを妙に女の子扱いするのでちょっと腹立たしく感じたのだが、美香里にはそこがよかったらしい。その辺の感覚がよくわからない。

「あ、次の授業、出る？」

「うん」

当然だ。美香里も出るからここで次の授業を待っていたのかと思った。

「悪いけど、代返お願い」

美香里はかわいらしいしぐさでお願いのポーズをつくった。

ああいうふうに「お願い」をして、いろんなことを通してきたのかもしれない。遥名は感心する。それに比べ、自分はなんと泥くさいことをしてきたのだろう。いつも、ただ地道に歩いてきた。何かを上手に避けたり、ぽんと跳び越したりする人が素直にうらやましかった。

次の授業のある大教室へ移動する。がやがやと騒がしい。見知った顔もいくつかあるが、遥名は誰にも声をかけずに真ん中あたりに席を取る。この教室にいる、一見なんてことのないたくさんの学生たちの中にも、ここへ来るまでのそれぞれの事情があり、経緯がある。

遥名にも、ないようで、ある。あるようで、ない。きっと、ごく普通の家庭で起きる葛藤《かっとう》を越えて、ごく普通に上京した部類だと思う。遥名にとっては、翼が生えるんじゃないかと期待するほどの出来事でも、世間一般から見れば取るに足らないことで、この教室にいるほとんどの人が経験してきたことなのだ。

父の洋司は温厚な人だ。家族が何をいっても、それでいいんじゃないか、というだけで、あまり叱られた覚えもない。大きくなるにつれ、性格が穏健であるというよりも、何も考えていないんじゃないかと遥名は疑うようになった。

しかし、一度だけ、遥名は見た。どれほど会社が忙しそうなときでも、家に帰れば穏やかな顔をしている。それがどんな努力の上に成り立っているのか。

高校に入ってすぐの頃だ。険しい顔をした男の人が歩いてくるなあと思った。最初は父だとわからなかった。彼は遥名が二階の窓から見ていることに気づかずに自分の足下一メートルほど先を見ながら歩いてきて、ふと立ち止まり、そこでヌッと笑顔になった。家の前だった。

今、変身した、と遥名にもわかった。声は出さず、たぶん胸の内だけで号令をかけて、家の顔に変身した。見てはいけないものを見たような気もしたし、見てよかったとも思った。父はああして、笑顔をつくってから家のドアを開けるのだ。

それから遥名はあまりわがままをいわなくなった。母は、父の人知れぬ笑顔を知っているのだろうか、と思うことはある。もしくは、人知れぬ険しい顔を。

中学三年の春に遥名が溶連菌感染からネフローゼになり、三か月間入院したときも、そしてそのせいでとうとうクラスに馴染めないまま修学旅行を欠席したときも、父は穏やかな顔をしていた。それが遥名には不満だった。かといって、どういう顔をしてもらいたかったのかはわからない。母のように明らかに落胆されたり、ときには泣いたりされるのは居たたまれなかった。溶連菌感染からのネフローゼは予後《よご》がいいそうだ。そんなに大げさに悲観することはない。少なくとも、本人の前で嘆くようなことは慎んでもらいたかった。いつも平静でいてくれた父には感謝すべきなのだが、それはそれで物足りないのだった。

その、父だ。娘が病気になっても穏やかだった父、家に入る前に表情を修正するほどの父が、目の前で不機嫌を隠さなかった。駄目だ、という。駄目だろう、ともいった。腕を組んで、目を上げない。絶対、といわせたら負けだ。遥名は慎重に父の出方を待っていた。

高校二年の春だった。東京の大学に行きたい、と遥名はいったのだ。あまりいい顔をしないかもしれないとは思ったけれど、怒るとまでは予想しなかった。

「大病をしてからたったの二年だ。ひとり暮らしで体調を崩したら、いったいどうするつもりだ。大学ならこちらにもちゃんとあるじゃないか」

ひと息にいった。

「おまえはお父さんとお母さんのことをなんだと思っているんだ」

首を振り、落ち着くどころか、ますます激高《げっこう》したように見える。父や母のことを悪《あ》しざまに扱ったわけではない。それほど東京の大学に行くことを反対されるとは思わなかった。

遥名は最初、呆気にとられていた。父がこんなに簡単に怒るところを見たことがなかった。反射的に謝ろうかと思ったほどだ。でも、だんだん腹が立ってきた。何が駄目なのか。どうしてそんなに気に入らないのか。

「お兄ちゃんは東京行ってるのに」

遥名がつぶやくと、腕組みをしたまま父が低い声でいった。

「聡とおまえは違う」

「どこが？　お兄ちゃんと私はどこが違うの」

「顔が違う、身体が違う、名前が違う、歳《とし》が違う、性別も違う」

列挙する。まるで子供の喧嘩みたいだ。

「ちょっとお父さん、顔が違うとか、名前が違うとか、あたりまえでしょう」

反論すると、ようやく父は目を上げて遥名を見た。

「要するに、それだけ条件が違うということだ」

「何の条件」

「東京に行く条件だ」

父はもう一度いった。

「駄目だ」

それからまだ何かいいたそうに口を開きかけたが、飲み込んだらしい。身構えていた遥名はほっとした。駄目だ、絶対に。そう続けられたなら、もうほんとうに見込みがないということだ。

今でも忘れない。まだうんと小さかった遥名が、ディズニーの映画を「絶対観る」といったら、父がたしなめた。顔は穏やかだったけれど、言葉に力が籠《こ》もっていた。

「絶対といったら、絶対なんだよ。何が起きても必ず、ということだ。ハルちゃんにそれだけの覚悟があるか？」

遥名は驚いた。言葉を使うにも覚悟が要るのか。温和な父だけに胸に残った。

それからは「絶対」という言葉に慎重になった。おまえにそれだけの覚悟があるか、と問う父の声を思い出してしまうからだ。

絶対食べたい、絶対行きたい、絶対欲しい。絶対は何度も遥名の前に立ち現れた。友人たちが絶対を軽々しく扱っても、遥名は乗らなかった。絶対というのは断固とした意志だ。断定形でしか使えない。使うなら、いい切らなければ。絶対に食べるなら、絶対に食べる。雨が降っても食べる。腐っていても食べる。それくらいの覚悟が必要だと遥名は思う。父のせいだ。

それだけに、父に絶対に駄目だといわせてはおしまいだった。もしも父が、絶対に駄目だというなら、そのときはほんとうに百パーセント駄目だということだ。東京の大学には絶対に行きたかったが、絶対は絶対を呼ぶ。絶対に行くと宣言して、絶対に駄目だと反対されたら、家を出るしかない。それは嫌だった。

遥名は勉強ができる。向上心も、好奇心も、ある。それだけでは駄目なのか。兄が何の問題もなく東京の大学に進学したから、油断していた。甘かったと思う。どう説得すればわかってもらえるのか、見当もつかなかった。

親元から通える大学に行き、卒業後はそのまま地元の会社に就職する。それが悪いわけでは決してないが、きらきらした何かに出会える可能性が極端に小さくなるような気がした。でも、きらきらした何かだなんて、遥名はもちろん口にしない。説得力があるとは思えない。きらきらというのが何なのか、それが「絶対」に必要なのか、問い詰められたら答えられない。「ほんとう」に必要なのに。

「絶対」より「ほんとう」のほうが遥名には大切だ。だけど、それを伝える術がない。

ウォーターベッドというものを遥名は見たことがないが、何かそういうものを想像した。大きな透明のマットに、水が詰まっている。こちらから向こう側は見えるし、向こうからもこちらは見えているはずだ。けれども、光の加減で歪《ゆが》んでいる。障害物というほどの障害物には見えない。でも、触れると、ぼよよんと跳ね返される。相手が触れても、ぼよんと揺れるだけで、こちらには届かない。

　絶対に、の根拠が欲しかった。絶対に、東京の大学でなければならない理由は何か。それをまず考えなければ、父を説得することはできないだろう。早く見つけないと時間切れだ。受験勉強が間に合わなくなるし、だいたい、絶対に行くと遥名がいう前に、父に絶対に駄目だといわれてしまえば、それでおしまいなのだ。

　兄は普通に出してもらえたのに、と遥名は思った。そして、はっとした。摩擦もなく自然に出てしまったから、兄は今になって立ち止まっているのかもしれない。

　生まれつき頭がよかったのだろう。兄が悩んでいる姿を見たことがなかった。勉強をしなくても成績がよかったし、余裕があるから人あたりもよく、いつも一目置かれる存在だった。しかし、東京の大学に進学してから様子がおかしくなった。魂が抜けたような感じだ。やりたいことがない、などという。

　やりたいことも、やるべきことも、「絶対」の中には含まれていたはずだ。「絶対」に東京に行きたい理由をちゃんと持っていれば、行ってからやりたいことがわからなくなることもないんじゃないだろうか。遥名はそう考えて、兄との扱いの違いへの不公平感を忘れることにした。

なし崩しになったのは、その年の夏だ。遥名は高二で兄が大学三年生だった。夏休みで帰省していた兄は、もう昔ほどはきらきらしていなかった。

「聡、就職はどうするんだ」

久しぶりに家族が揃った食卓で、父が聞いた。

「なかなか厳しいらしいね」

他人事《ひとごと》みたいに兄が答える。

「おまえの大学なら問題ないんじゃないのか」

父がいうと、

「トップの一握りならね。彼らはものすごく優秀だから」

兄はそういって笑った。

「あいつらなら、なんでもできるような気がするよ」

その笑顔に遥名は震えた。小さい頃から勉強も運動もよくできた兄。兄妹喧嘩をすることはあっても、いつもどこかに兄はすごいという気持ちがあった。あの兄に、ものすごく優秀だといわれる人たちってどんな人たちなんだろう。一握りって何人くらい？　もしも兄がそこに含まれないのだとしたら、いつそれに気づいたのか。それをどう感じたのか。

いろんな疑問が次々にわいてきて、胸が滾《たぎ》った。でも、疑問を言葉にしようとすると、声になる前にぷちんと弾けてしまう。

自分もそこへ行こう、と思った。がんばって、そこへ行こう。トップだとか、ものすごく優秀なやつらだとかを、この目で見たい。

「お兄ちゃん、私もお兄ちゃんと同じ大学へ行きたい」

大きな声で宣言した。兄はちょっと戸惑ったような顔をしたが、すぐにうなずいた。

「おもしろいじゃないか。来いよ、遥名。一度は外へ出たほうがいい」

そのひとことが効いた。「絶対」はうやむやになり、遥名は兄と同じ大学ならば行ってもいいことになった。猛勉強して、一年半後に兄と同じ大学に合格した。遥名の上京と入れ替わりに兄は卒業し、地元へ戻って中学校の先生になった。


だけど、入ってみたらこの通りだ。遥名は大教室の真ん中あたりの席からまわりをぐるりと見渡す。特別なことなど何も起きない。

代返はうまくいったと思う。出席だけ取ったら教室を出ていく学生もいたし、机にうつぶせて寝ている学生も何人もいた。

トップ。ものすごく優秀。なんでもできる気がする。

燦然《さんぜん》と輝いていた兄の言葉が行き場をなくしてぶすぶす燻《くすぶ》っている。遥名の背中に翼は生えない。飛べないまま、毎日大学に通って講義を受ける。勉強をしていないように見える友人のほうが楽しそうなのは気のせいだろうか。兄はどうだったのだろう。この教室のどこかに、外のベンチに、学食に、ぼんやりとすわっていた兄の亡霊が見えるようだ。

授業を終え、教室を出る。午後からも講義が入っていた。

学食へ行き、券売機で昼定食のチケットを買う。何も考えずに窓口に並び、のびて透明感のなくなったスパゲティミートソースを取って、だだっ広いテーブルの端に席を見つける。ひとりで食べるのは苦にならない。授業も、食事も、遥名はひとりで平気だった。

そういえば、美香里は三、四限をサボって、一度下宿に帰ったのかもしれない。コンパ用の服、下着、化粧。いろいろ準備が要るのだそうだ。遥名にはよく意味がわからなかった。でも、今はわかる。かわいい子ほど、そういうことが気になるらしい。かわいいけれど、一番にはなれない子。もしかしたら一番かもしれないのに自信の持てない子。

高校の頃の同級生が、似たようなことを言っていたのを思い出す。東京の別の大学に進学した友人だ。とても焦《あせ》っている、と。東京の子が洗練されていて、どんなにがんばっても追いつけないのではないか、と。自分が地方出身であることがばれるのが怖いのだと思い詰めたような顔で話していた。遥名は焦らなかった。東京の子だって全員がおしゃれなわけでもない。拍子抜けしたくらいだ。

今にして思えば、遥名は無頓着だった。顔立ちはきれいだといわれる。でも、それを意識しているわけではない。まして、自分の魅力として捉《とら》えているわけでもない。だから、そのぶん自由だった。かわいい子、きれいな子に限って、まわりのかわいさやきれいさに敏感になる。おしゃれな子ほど、まわりのおしゃれが気になってしまう。

美香里はかわいい。だからかわいさに執着する。かわいいから、こだわる。比較する。貪欲になる。突き詰めていくから、壁にも当たる。それは当然のことかもしれない。でも遥名には美香里の自意識が過剰に思える。そんなことで評価されたくないと思う。

それなら、何？

遥名は何で評価されたいと思っているのだろう。突き詰める対象は何だろう。それがわからないのに美香里を笑えない。手持ちの札がない。まじめは取り柄じゃない。こつこつだけじゃ浮かばれない。

「どうかしたの？」

近くで声がして、自分が話しかけられたとは思わずに顔を向けると、同じクラスの沖田《おきた》がいた。出席番号が遥名のすぐ後なので、入学当初はよく隣同士になった。わりと感じのいい人で、二浪して、すでに二十歳だそうだ。山盛りにフライの載った定食のトレイを持って、テーブルの隣を指している。この席にすわっていいか、ということだろう。

「どうぞ」

遥名が答えるのと同時に沖田は席に腰を下ろした。

「で、どうしたの。ぼうっとしてたように見えたけど」

「ああ、うん」

なんでもないよと答える前に、沖田はどんどん定食を食べはじめた。自分が聞いたくせに、答えはどうでもいいみたいだ。

「悩むにも素質が要るんだなぁって」

かわいいほうがいいけれど、それほど気にしていない。勉強したいと思うけれど、学者になるほどではない。悩むほど物事に固執しない。

「遥名ちゃんってさ」

　学食に備え付けの給茶機の、色さえついていないお茶をごくごく飲んで、沖田は遥名を見た。遥名も沖田を見る。

「なんていうか、ほんと、いいとこのお嬢さんって感じだよね」

「え、なんで。そんなことは」

ないよ、という前にやっぱり沖田は勝手にしゃべっている。

「大事に守られてまっすぐにすくすく育った感じがするよ」

もちろんうれしくなかった。ばかにされている気がした。

「あのさ、遥名ちゃん、気をつけな。あんたってコンキ逃しそうだよ」

コンキ、今季、根気、と脳内で変換していって、婚期に行き着く。それからやっと不満の声を上げた。

「は？　なんでよ？」

　思わず故郷のイントネーションが出た。婚期も何も、まだ結婚するかどうかもわからないのに、失礼だ。しかし、沖田はいった。

「あんた、不倫する」

「しません」

遥名は即答した。

「不倫はしません」

沖田は箸を持つ手を止めて、不思議そうに遥名を見る。

「なんで、しないって断言できるの」

「そういうの、きらいだから」

ふうん、と沖田は軽くうなずいた。

「占い？　婚期逃すって」

遥名が聞くと、沖田はイカリングを噛み切りながら首を振っている。

「占いじゃないよ。ああもうこのイカ、硬すぎ。ゴムかと思った」

「じゃあなんで」

「うん、そのまっすぐさ。まっとうさ、っていうのかな。見てたら軌道がわかるから」

軌道というのは、つまり、これまでとこれからの道のことだろうか。

「俺、アーチェリー部なんだけどさ」

「そうなの」

沖田は大げさにうなだれてみせる。

「遥名ちゃんはぜんっぜん俺に興味ないよね。まあいいや、ともかく、アーチェリー部なわけですよ」

「うん」

「矢がどこへ飛んでいくかは、放たれる瞬間にほぼわかっちゃってるんだ」

沖田は箸を置き、弓を引くポーズをしてみせた。

「弓の角度だとか、弦の強さだとか、引く方向だとか、照準が合ってからの秒数だとか、そういうもんで決まっちゃってるんだ。そういうことの総合が、射た瞬間に、見える。矢が的のどこへ飛ぶか、すでに知っている」

「そういうものなんだ、アーチェリーって」

「うん、ある意味むなしいよ。勝負が過去なんだな」

そういって、また何か硬そうなフライを食べ出した。それから、気がついたように顔を上げる。

「あれ？　何の話だっけ。話、ずれてない？」

「うーん、そもそもなんでアーチェリーの話になったのか、ちょっとわかんなかった」

「ああ、そうか」

沖田はにっこり笑った。

「軌道の話だ。遥名ちゃんがこれからどこへ飛んでいくのか、見える気がするって」

遥名もにっこり笑い返した。

「婚期を逃す未来が見えるのね」

ぜんぜん平気だ。アーチェリーのことはよくわからないけど、オリンピックの中継で見た。本人でさえ気づかない微妙な力の入り方ひとつで、矢の軌道は思いがけないずれを生む。たとえば風がかすかに吹いただけで影響を受け、矢の行方《ゆくえ》は変わる。

これからいくらでも風は吹くだろう。勝負は過去だけで決まるものじゃない。

「あれ、どうしたの、もう行くの？」

だらんとのびたスパゲティが半分以上残ったままのお皿をトレイに載せて立ち上がった遥名を、沖田が見上げる。

「うん。ありがとう。話せてよかった」

ああ、と沖田は唸《うな》った。

「いいなあ、その返し。やっぱりいいとこのお嬢さんって感じなんだよなあ」

遥名は手を振って、沖田と別れた。

午後の講義はパスすることにした。遥名には初めてのことだ。たしかに、まじめで、お嬢さんなのかもしれない。でも、今日はいい。もう帰ろう。

駅から学生寮へ向かう途中、うつむいて歩いていたらしい。つと顔を上げると、すぐそばに学校の正門があった。いつも前を通って通学していたはずなのに、ちゃんと見たことがなかった。門には区立中学の名前が書かれている。平日の昼間ににぎやかな声が聞こえないのは、授業中だからか、それとも今どきの中学というのはこんなふうに静まり返っているものなのか。

そういえば、誰も発言も発表もしなかったな、と自分の中学時代を思い出す。みんなまじめに授業など聞かずに勝手なことをしていたくせに、いざというときにはうつむいていた。遥名もそうだ。目立たないよう、目立たないよう、ひっそりと呼吸をしていた。かっこわるかったと思う。

校門から続く学校の敷地に沿って歩く。この建物の中の生徒たちも、ひっそりと呼吸を繰り返すだけの毎日だろうか。――いいのかもしれない。それで生きのびられるなら。いざというときじゃないんだろう。そうだ、中学時代なんていざというときじゃなかったのだ。ひたすら身を潜めていたなさけない思春期は、使い途《みち》がないわけじゃない。きっとその後のいざというときのためにある。まだ遥名にはそのときが来ていないだけだ。

これからなんだ。遥名は自分にいい聞かせる。いざというときはこれから来る。そのときに全力で迎え撃てるような準備をしていこう。

角を曲がると、緑色のフェンスが続いていた。ずいぶん高くまで張りめぐらされていて、異様な雰囲気だ。もしかして不審者対策なのだろうか。外部からの侵入を防いでいるつもりだろうか。まるで、檻だ。どこの中学も大変だな、と思う。がんばって、生きのびてくれ。

校庭に沿って、しばらく歩く。すると、校舎の陰に人がいた。おかしなふたりだった。学生服姿の小柄な少年と、白衣を着た痩せぎすの女。違和感があった。歩きながら、目を離せない。白衣を着ているということは養護教諭なのだろうか。そんな雰囲気ではない。ふたりは口を利かずに向かい合って立ち、少年が何かを空へ高く放り投げるようなしぐさをした。白衣の女も少年が腕を振り上げるのに合わせて空を見る。遥名もだ。遥名もつられて、空を仰ぎ見る。思いがけず青い空だった。少年の手からは何かが放たれたようにも見えたし、そうではないようにも思えた。太陽がまぶしくて、よく見えない。ふと、視線を戻すと、少年と白衣の女が顔を見合わせずに小さく笑った。遥名は瞬きをする。目を凝らしても、太陽の残像が焼きついていて、ふたりの顔はよく見えなかった。

第3話

2003年　5月

ハル

健太が茫然《ぼうぜん》とした顔で立っているのをハルは見た。どうしてそんな顔で、どうしてそんなところに突っ立っているのかと思う。ハルは健太のほうへ行こうとして、なぜかうまく足が動かないことに気がついた。身体全体に重りをつけているみたいだった。ハル、という形に健太の口が動いたように見えた。でも、次の瞬間、健太は顔を歪めてハルから目を逸らした。黒い服を着た幾人かの向こうで、健太はまだしばらく立っていたが、やがてハルのほうへは来ずに踵《きびす》を返した。

温之、温之。

囁くような、しかし鋭い声で名前を呼ばれ、ハルはそちらを見る。黒い服を着た父の慎一がすぐ後ろに立っている。

「しっかりしていなさい」

慎一は前を見たままハルに囁く。

「ふらふらするんじゃない」

ふらふらなどしていない。身体は動かない。いったいどうやってふらふらするのだったか。そう思いながらハルは慎一のそばで心持ち背を伸ばす。

「おまえを見ている」

ハルは慎一をふりかえるが、慎一はハルを見ていない。では、誰が。誰が見ているのかと聞こうとして口を開きかけるが、結局は聞かない。口を開くまでの短い間に、質問はもうどうでもよくなってしまっている。

二十分ほど慎一の隣に立って、黒い服を着た人々に頭を下げ続けるうちに、ハルは混乱してしまう。自分はここで何をやっているんだろう。頭がぼんやりして、何も考えられず、何も思い出せなかった。でも、できることなら、このままでいたいと思った。このまま考えたり思い出したりせずに、ただ立っていられればいい。

そう思った直後に、しかしハルは突然理解する。誰が見ているのか。自分は今どうしてここでこうして立っているのか。

「おかあさん」

ハルの声は小さくて誰の耳にも届かない。たぶん、すぐ隣の慎一にさえ聞こえなかった。慎一は慎一で、表情をなくしていた。耳を何かで塞いでしまったように見えた。

きっと母には聞こえている、とハルは思う。呼べば必ず返事をしてくれたから。おかあさん。きっと見ている。もうここにはいなくても。

母、容子の葬儀が終わって何日か、ハルは一歩も外に出ずに過ごした。家の中で、おもに二階の自室で何をするでもなくただすわったり寝転んだりしていた。空腹になれば下のキッチンで適当なものをつくって食べ、ときどきはシャワーも浴びた。でも、ほとんど何もしなかった。することを見つけられなかった。自分の部屋の、片側に寄せられて置かれたベッドの上で、ハルは、しるしについて考えていた。あるはずだったしるしが、この世界からすべて消えてしまっていた。それとも、はじめからしるしなんてなかったのだろうか。何を目印に生きていけばいいのか、まるでわからなかった。

両腕を開いて伸ばすと、だいたい身長と同じ長さになるという。ハルは今、百七十二センチだから、片手が届く範囲は八十六センチほどということか。ベッドの上で胡坐《あぐら》をかいたまま、片手を肩の高さに上げてみる。小さな世界で生きてきたと思う。半径八十六センチに収まる世界。なんにもない。風も吹かない。太陽も照らさない。何も持たずに生きていられたのは誰かが支えてくれていたからだ、ということに初めて気づく。支えてもらえなくなったら、倒れるしかないだろう。

ハルはベッドの上に仰向《あおむ》けに倒れ込んでみる。

母には支えがあっただろうか。

ハルには何も見えなかった。ある朝、いってきます、と家を出て、帰ってみたら母がいなかった。そのときにも見えなかった。母が今どこでどうしているのか。笑っているのか、泣いているのか。ひとりでいるのか、誰かといるのか。

容子はその頃、隣町で車に撥《は》ねられていた。警察から連絡があったのは、病院で息を引き取ってからだ。身元がわからず、時間がかかったらしい。携帯も持っていなかったのだという。

病院で容子の遺体と対面してからも、ハルは、自分には何も見えていないのだと思った。容子が死んでいるようには見えなかった。どうしてハルの見たこともないきれいな服を着て、何も持たずに隣町を歩いていたのか、どうして車に気がつかなかったのか、どうしてこんなところで死んでいるのか。ハルにはまったくわからなかった。

悲しみはほとんどなかった。すべての感情がとても遠いところにあるように感じられた。何もかも自分とは関係のないことだと思った。

ハルは家にこもった。高校へも行かなくなったが、気にしなかった。もともと休みすぎて一年留年していた高校だ。自分が高校生だという事実を忘れてしまっていた。

自分が容子の息子であったことのほうが大事だったのに、それさえも忘れていたのだ。

　慎一は階下で暮らしていた。妻を亡くした衝撃をどのように受けとめているのか、もちろんハルにはわかりようもない。慎一の息子であることもまたハルは忘れていた。


　ある日、空腹を感じてキッチンへ行くと、ダイニングの椅子に慎一がすわって新聞を読んでいた。たぶん土曜か日曜だったのだ。

「温之、学校はどうするんだ」

　お湯を沸かしはじめたハルに、慎一が聞いた。

「担任から電話があった。出席日数が足りないそうだ。学校へ出てきたほうが気晴らしにもなるんじゃないかって」

　うん、とうなずいたが、ハルにはどうでもいい話だった。

「せっかく入った学校じゃないか」

「行く」

　ハルが答える。

「行くのか」

　意外そうに慎一がいった。

「うん。いつか。いつかは行く」

慎一は眉根《まゆね》に深い皺を寄せ、何かいいかけたが、それ以上は追及しなかった。以前ならば考えられないことだったが、妻の死によって彼の中のどこかが変わってしまったのかもしれない。あるいは、息子を追及するだけの情熱をもう持っていないのかもしれなかった。

ハルはダイニングテーブルの慎一の斜め向かいの席でカップ麺に湯を注ぎ、それを食べ終えると、プラごみと燃やせないごみときちんと分別し、箸を洗って、また二階の部屋へ戻った。

ベッドに寝転がっていると、先ほど慎一に告げた自分の言葉がよみがえってきた。行く。いつか行く。いつかは行く。自分はどうしてそんなことをいったのだったか。いつかは行く。

どこへ行くつもりだったのだろう。ハルはベッドに身を起こした。行く。いつかは行く。ベッドから立ち上がる。着ていたジャージを脱ぎ、ジーンズに穿《は》き替える。机の横に掛かっていたバックパックを取り、中にいくつかの物を詰める。下着、靴下、財布、ハンカチ、鼻紙、ボールペン、地図。それから、さっき脱いだ黒のジャージも入れ、Tシャツとスウェットを一枚ずつ入れると、それでもうバックパックはほぼ満杯だった。思いついて、絆創膏《ばんそうこう》を三枚ほど外ポケットに押し込んだ。

バックパックを右肩にかけて部屋を出、階段を下りて、慎一がすわっているダイニングのドアを開けた。

行ってくる、とハルは慎一に告げた。

新聞に目を落としていた慎一は、顔を上げて息子を見た。息子が外へ出るのは久しぶりのはずだった。たぶん、葬儀の日以来だ。

「どこへ」

「どこかへ」

慎一は開いていた新聞を閉じてきちんとふたつに折りたたんでから、もう一度質問をした。

「何時に帰るんだ」

何時に？　ハルはしばらく考えてから首を横に振った。

「わからない」

「遅くなるのか」

「二日くらい。……たぶん」

慎一はあらためてハルの顔を見た。

「二週間かもしれない。二か月か、二年か」

ハルは続けた。どれも同じくらいの長さのように思えた。

「二年って、何をいっている。どうするんだ、どうやって行くんだ」

慎一もまた混乱していた。

「歩いていく」

金は、といいかけていた慎一は口を噤んだ。一呼吸置いてから、声を落とす。

「変わったやつだったよ」

ハルはわずかに首を傾《かし》げて慎一を見る。

「おまえが物心ついた頃には、もう、俺にはおまえが理解できなかった」

慎一はそういって首を振った。あきれているような素振りだったけれど、よく見ると口元が緩んでいる。笑っているのだなとハルは思った。おまえ、という言葉を自分に向けて父が使うのを初めて聞いた気がした。以前はどう呼ばれていたのか、よく思い出せなかった。

「とりあえず、金はあるのか」

ハルはうなずく。暮れに郵便局でバイトをした。春休みにはデパートの清掃に入った。学校へは行かずとも、週末の夜のデパートの清掃は続けてきた。バイト代は全部取ってある。思えば、容子が、アルバイトでもしてみたら、といったのだった。他にすることもなかったから「してみた」。それだけだ。今になってみれば、自分が死んで、息子がどこかへ出かけたくなるそのときのために容子が準備しておいてくれたようにも思えた。

「携帯ぐらい持っていけ」

慎一がいったが、ハルは黙っていた。ハルは携帯を持っていない。

「携帯ってのは電話をかけるためだけにあるんじゃない」

再びいったがハルが黙っているので、もう慎一もそれ以上はいわなかった。

「長くなるなら、連絡くらいしろ」

ハルはうなずいた。高校はどうする、と聞かないことに感謝した。それとも、あきらめたのか。

「これ、もらっていっていいかな」

テーブルの上の林檎《りんご》を手に取る。いつ、誰が買った林檎だろう。やわらかくなりかけているから、しばらく前からここにあったものかもしれない。ハルの頭に靄《もや》がかかりはじめる。考えないほうがいい。この林檎を買ったのが誰か、この家で林檎を好きだったのは誰か。

「電話くらい、しろよ」

慎一が重ねていう。

「わかった」

今度はちゃんと声を出して返事をする。

部屋を出るときに、いってきます、といった。二日か、二週間か、二か月か、二年後に、また帰ってこよう。それまで、父には生きていてほしいと思った。そんなことを願ったことはなかったけれど、今はとにかく誰にも死んでほしくなかった。


雨が降っていたのは幸いだった。玄関のドアを開けたときに空が晴れていたら、傘を持っていかなかっただろう。

行くあてはなかった。とりあえずハルは母が最後に歩いていた町のほうへ向かった。何の変哲もない、ただの住宅地だ。そこへ行って何をしたいのか、自分でもわからなかった。雨の降る町を、ハルはただ歩いた。

小学校の前を通り過ぎ、中学校の校庭の脇を通り過ぎた。高架になった駅の下をくぐり、商店街を抜け、灰色の舗道を歩く。教えられた事故の現場はもうすぐのはずだった。

突然、ハルの足が止まった。信じられない、と思った。急にだ。急に何もかもが信じられなくなった。自分が今ここを、生きて歩いていること。なぜ自分は生きて歩いていられるのか。死んでしまった母と自分はどこが違っていたのか。生き残るべきはどちらだったのか。

問う意味のない質問だとハル自身にもわかっていた。それでも、頭の中でぐわんぐわんと質問が鳴り続けていた。生きる意味はあるのか。おまえが生きて歩いている意味はどこにある。

ハルは水たまりを踏んだ。踵を返すと、ほとんど走り出しそうな勢いで今来た道を戻った。住宅地を抜け、商店街のコーヒーショップの前で小学生くらいの女の子とぶつかった。ごめんなさい、とハルは謝った。途端に、ごめんなさいが頭に染みついた。ごめんなさい、ごめんなさい。ハルの頭は謝罪の言葉でいっぱいになった。

何も考えられなかった。高架の駅から私鉄に乗った。一刻も早くここから離れたかった。ドア付近で全身を棒のように固くして立っていた。いちばん遠くまで行こうと思った。三つ先の駅でJRに乗り換える。改札を通るときに、たくさんの人に挟まれながら、ごめんなさい、と思った。ごめんなさい、ごめんなさい。もうすぐ、人のいないところに行きます。

ハルはJRを乗り継ぎ、できるだけ遠くまで行こうとした。とにかく人と会いたくなかった。人混《ひとご》みから離れたかった。けれども、どこまで行っても、人が乗り降りする。どれくらい乗っていただろう。一時間か、二時間。もっとか。だんだん頭が痛くなり、吐き気がしてきた。終点はなかなかやってこない。どこにもたどり着けずに、電車を降りた。

小さな駅だった。駅舎を出ると、まだ小雨が降っていた。

ロータリーのそばにはいくつかの店があるだけで、それもやっているのか閉まっているのかわからなかった。どこかへ行かなくちゃならない、とハルは思った。ただ、どこへ行けばいいのかわからないだけだ。

傘をさして歩くうちに、潮の匂いがしてきた。JRの路線と方角から見当をつけて歩くと、海水浴場へ出た。五月の夕刻、それも雨が降っているので、人影はない。灰色の海に細かく雨が降り注いでさざ波が立ち、それを大きな波がさらっていった。

ハルはそこに立って長い間波を見ていた。いつのまにか雨が止《や》んでいることにも気づかなかった。何も考えられなかった。ゆっくりと砂浜を歩きはじめる。頭では何も考えていないつもりだったけれど、違ったらしい。目は穴を探していた。どこかにちょうどいい穴が開いていないか。今夜そこへ入ってぐっすり眠るための穴だ。

そんなものはなかった。ちょうどいい穴なんてどこにもない。ハルにもそれはわかっている。疲れていた。母が死んで以来、ずっと疲れていた。できることなら、ぐっすり眠って回復したかった。でも、回復してはいけないのだろう。

砂浜でならどこででも眠れるかと思った。歩くにはよくても、眠るとなるとなかなか場所が見つからない。風が吹き抜けて、歩いていても肌寒いくらいだった。あてもないまま砂浜をただ歩いた。日が暮れて、闇が下りはじめていた。スニーカーの下で、ざく、ざく、と音を立てて砂が掘られていく。繰り返される波の音は、はじめに聞いたときよりも少しずつ重さを増し、今ではハルを脅かすようだった。駅へ戻る気にもなれなかった。どこかへ行く、と出てきたところなのだ。ざく、ざく、と砂を崩してハルは歩いた。どこかへ行かなくてはならなかった。

風と波の音に混じって、自分のとは別の足音がしている。そう気づいたときには、その音はもうすぐそばまで来ていた。とっさにハルは身構えた。いいものが近づいてくるはずがなかった。今ここで何者かに襲われたとしてもおかしくはない。それどころか、ここに現れるとしたら暴漢が最もふさわしい気さえした。

心持ち顔を上げ、ふりむかずに歩いた。足を速めたかったが、ペースを変えることができなかった。襲われる理由はなかったが、襲われない理由もない。ただ誰かを殴ったり痛めつけたりしたい人もいるだろう。いるだろう、と思ったのは、ハル自身に今その衝動が蠢《うごめ》くのをはっきりと感じたからだ。

殴ったり痛めつけたりしたいのと同じくらい、殴られたり痛めつけられたりしたかった。それは、ハルが初めて感じた欲望だった。足下で、ざく、と砂が鳴る一瞬のことだ。次にまた、ざく、と鳴ったときには欲望は消え、もう恐怖が勝っている。

今や、ハルのものではない足音は、風や波の音とははっきりと区別できるくらいに近づいていた。

今日の午後、いってきます、と父に告げたのがはるか昔のことのように思えた。ざく、ざく。一定の間隔で足音を鳴らしながら、あの安全だった時間と場所をハルは懐かしく思い出す。ごめんなさい、という言葉が頭の中で繰り返されたときは過ぎ、今、別の言葉が閃光《せんこう》のように脳裏に翻《ひるがえ》る。さようなら。戻りたいとは思わない。もう戻りたい時間も場所もない。

戻りたくないのだと理解した瞬間に、ハルはふりむいた。

人の影は、思ったよりも遠くにあった。すぐ近くまで迫ってきていると思っていた。ハルが立ち止まると、人影も立ち止まった。あたりはだいぶ暗い。顔までは見えなかったが、自分よりも小柄な人間であることはわかった。そして、たぶん女だということも。

ハルと人影は無言で向かい合っていた。この人は、自分を殴ったり痛めつけたりしたいだろうか。薄闇がだんだん濃くなって、ますます人影の様子はつかみにくくなっている。少なくとも、ハルのほうからは殴ったり痛めつけたりしたい気持ちは消え去っていた。

人影は動かなかった。ハルは向きを変え、また波打ち際を歩いていこうとした。波はさっきよりも高く、海はさっきよりも暗い。黒い海は不気味だ、と思ったのと同時に、背後から足音がすごい勢いで近づいてきて、ハルの腰のあたりにどすんとぶつかった。不意を突かれ、何が起きたのかわからなかった。ふたりは勢いよく砂浜に転がった。痛みはさほどでもなかったが、湿った砂が口と鼻に入った。

ハルに体当たりしてきて、今はハルの上に重なるように倒れ込んでいるのは、やはり女だった。荒い息をしている。ハルが口に入った砂を吐き出している間、女は無言のままハルのすぐ脇にすわり込んでいた。

やがてハルが上半身を起こすと、

「歩ける？」

女がいった。怒っているような低い声だった。

「うち、ここからすぐだから」

すぐだからどうだというのだろう。答えようがなくてハルは黙っていた。女はさっさと立ち上がり、腰と足についた砂をぱんぱんと払い落として、まだすわったままでいるハルを見下ろし、先ほどと同じことを聞いた。

「歩ける？」

そうして手を差し出すので、ハルは思わず手を伸ばした。強い力で引っ張られた。小さな手だった。立ち上がるとすぐに離された。離されたときに、なぜか焦った。ふいっと灯《あか》りが消えたような気がした。バックパックを拾い、女が歩き出したすぐ後ろをあわてついていった。

砂浜を歩き、コンクリート階段を上ると、舗道があり、その向こうに片側一車線の道路が通っている。横断歩道もない場所を、女は堂々と横切った。車の通りは少ない。でも国道だとハルは思った。このあたりの海沿いには国道が走っていたはずだ。東京から下った時間と、駅からの方角を考える。それでだいたいの場所は見当がつく。地図帳のよく見知ったページであれば、地名も当てられるかもしれない。でも、今夜は砂浜を歩いていた時間がどれくらいだったか覚えていなかった。地名を知りたいと思っていないことにも気がついた。それはハルにはとてもめずらしいことだった。

女はハルの少し先を速足で歩いていった。街灯の下で見ると、思っていたよりもずっと若いらしいことがわかった。もっとも、ハルには女の歳がわからない。若いというより幼い印象を受けたくらいだから、自分よりも年下なのではないかと思うだけだ。ハルがついてきているか確かめもせず、女は有無をいわさぬ足取りでどんどん進んでいった。あたりはすでに真っ暗だった。

五分もしないうちに古ぼけたアパートに着いた。女は外階段を上っていく。ハルも後ろから上っていく。一番奥のドアの前で、女はジーンズのポケットから鍵を取り出した。ここがこの人の家なんだろうか、中に入ると何が起きるのだろうか、と思ったが、口には出さなかった。女も何もいわなかった。ただ、ドアを開けて、先に自分が入った。ハルも続いて入った。

中も古ぼけていた。どうやら女以外には誰もいないらしい。女物の靴で足の踏み場もない三和土《たたき》を上がってすぐが狭い台所だった。いろんな場所に物がごちゃごちゃに積んである。女は流し台の上の棚から薬罐《やかん》を取ると、水道の蛇口の下に持っていき、蓋《ふた》を開けずに注ぎ口から水をじゃばじゃば入れた。水を滴らせたままの薬罐を流しの横の一口コンロに載せ、コンロのつまみをカチカチいわせながら何度かまわして火をつける。乱暴に換気扇のひもを引き、それからようやく流しで手を洗った。

ハルは部屋の隅に突っ立ったままそれを見るともなく見ていた。すると、女がいきなりふりかえって、

「あっちですわってて」

指したほうに、もうひとつ部屋があるらしい。ハルは手を洗いたかったが、黙って従った。奥の部屋は、六畳の和室だった。蒲団が敷きっぱなしで、その横に卓袱台《ちゃぶだい》があり、卓袱台の上には天板が見えないくらい物が載っていた。卓袱台の下にも、雑誌や、化粧品や、洋服や、スナック菓子の空き袋や、ペットボトルなんかが散らばっていた。

どこにすわればいいのかわからなかったが、押し入れの手前に場所を空けてすわった。自分がどうしてここにいるのかは考えないようにした。ぼけっとすわっていると、しばらく台所で動きまわっていた女がこちらの部屋にやってきた。両手にひとつずつ、形も色も違う湯呑みを持っていた。

「ちょっと、テーブルの上、空けて」

ハルはとりあえず卓袱台の上のものを下に重ねて置いた。じゃらじゃらと音がして、金色の鎖が卓袱台から滑り落ちたが、女は特に気にしていないようだった。

「飲みなよ」

湯呑みをひとつ手渡される。

「熱っ」

ハルが急いで湯呑みを卓袱台に置いて手を離すと、女がかすかに笑った。

「初めてしゃべった」

そしてそれから、ミルクを入れるか、とか、どこから来たのか、とか、名前は、とか、質問をしてきたけれど、どれもほんとうに聞きたがっているようではなかった。

ハルが黙っていても、それ以上は聞いてこなかった。

「まあ、とにかく温かいものでも飲んで」

やけにおばさんくさいいい方をするので、やっぱり二十歳過ぎなんだろうかと思いながら、ハルは女のくれた飲みものを飲んだ。日本茶なのか、紅茶なのか、どちらでもないのか、味がまったくわからなかった。もしかすると、コーヒーだったのかもしれない。

女の携帯が鳴った。それに短く応えたかと思うと、女は立ち上がった。ハルに背中を向けて服を脱ぎ、壁のハンガーに掛かっていたワンピースに着替えた。それから猛然と化粧を始め、

「泊まるとこないなら、ここ泊まっていっていいから」

別人になった女の顔をハルが黙って見ているうちに、女は出ていってしまった。

野宿をするには寒すぎた。ハルは、敷いてある蒲団とは反対側の壁際に膝を抱えて横になれるくらいのスペースを空け、バックパックからスウェットを出して上に一枚重ねて着た。横になると、眠くないはずだったのに、あっという間に瞼《まぶた》が塞がった。ここにいれば安全だと思ったわけではない。むしろ危険なのかもしれなかった。ただ、濡れずに眠れるのがこんなにありがたいことだとは知らなかった。いきなりぶつかってきた見ず知らずの女の部屋で、ハルはすぐに眠りに落ちた。

恐ろしい夢を見ていた。何か重いものがのしかかってきて、息が苦しい。目を覚ますと、ほんとうに誰かがハルの身体の上に身を乗り出していた。驚いて飛び起きたら、ハルの真上にいた人間は横に飛び退《すさ》った。

「なによ、乱暴しないでよ」

知らない女の声だった。女というより少女だ。まだ幼い、中学生くらいの声だと思う。豆電球だけがつけられた見知らぬ部屋で、ハルと少女が向き合った。ここはどこだ、とハルは思った。この子は誰だ。

「のんきに寝ちゃってさぁ」

はすっぱな口調に聞き覚えがあるような気がした。

「あ……」

さっきの女だ。さっきの、と思った瞬間に、ぱたぱたぱたっと時間がハルに戻ってきた。砂浜で飛びかかってきた女。なぜかついてこいといった女。どうして自分はついてきたのだったか。泊まっていいといわれて、泊まってしまったのはなぜか。

「あたしの部屋なのに。こっちは仕事して疲れて帰ってきてんのに」

少女が怒っている。ほんとうに怒っているのではなく、いや、怒っているのはほんとうだろうが、それだけではない、何かが混じっている。ハルの苦手な何かだ。

「ごめんなさい」

謝って回避できるとは思えないが、とりあえずハルは謝る。学校生活で身につけた数少ないスキルのひとつだった。

それからふと気づく。仕事して帰ってきた、といった。中学生くらいの声なのに、こんな時間に仕事をしてきたのか。

「べつにあんたが謝ることじゃないよ」

少女はいった。

「でも、ほんとに悪いと思ってるならさ」

ハルのそばから立ち上がる。

「こっち来なよ」

床の上の服や雑誌をよけながら、敷きっぱなしの蒲団に入る。

「ひとりじゃ寒いんだよね」

意外と夜は暖かだった。スウェットを重ねて着たら、掛け蒲団なしでも寒くなかった。それでも、寒いというなら寒いんだろう。ハルは回らない頭で考える。立っていって、少女の蒲団の横にすわる。

「なにやってんの」

少女の声は無愛想だ。

「すわってたってしかたないでしょ。寝るの」

ハルは困惑しながら蒲団の横に細くなって入る。少女はまっすぐに天井を見たまま、ぶっきらぼうにいった。

「あんた、死のうとしてたでしょ」

誤解だ。砂浜を歩いていただけだ。

「それくらい、わかるよ」

声がしんみりしたので、なんとなく悪い気がしてハルは反論しなかった。死のうとはしていない。でも、生きようともしていなかったかもしれない。

「いいやつから死んでいくんだよね」

そうだろうか。いいやつから。最近死んだ懐かしい人の顔が脳裏に浮かびそうになるのをハルは必死に抑えた。

「ねえ、服脱いでよ」

少女は蒲団の中で、着ている服を脱ぎながらいった。感傷から逃げることで精いっぱいだったハルは、よく意味が取れなかった。さっきは寒いといったのではなかったか。

「生きてるほうがいいよ」

ストッキングを脱ぎながら少女がいう。

「生きていれば、いつかいいことあるよ」

あまりにも感情の籠もらない言葉に、ハルは思わず笑ってしまう。生きていればいつかいいことがあるなんて、少女自身が思っていないのがよくわかった。正直だと思った。

「あ、笑った」

はしゃぐようにハルのほうを見た少女の声が明るくて、やっぱり若いんだなと思う。

同じ歳くらいか、もしかすると中学生か。あどけない笑い方になぜか胸がずきんと痛んだ。

「ちょっと、早く脱いで」

ふざけているみたいに催促され、スウェットを脱ぎ、下に着ていた長袖のTシャツを脱ぐ。

「下は脱がないつもり？」

ジーンズまで？　ハルが訝《いぶか》っているうちに、蒲団に潜った少女に器用に脱がされてしまう。再び浮上した少女は、いつのまにかブラジャーを外している。少女がぴったりと身体を押しつけてきて初めてハルはそのことに気がついた。女の裸など見たことがなかった。まして、触れたことなどない。やわらかい、と思った。なんだこれは、と押しのけようとしたけれど、うまくいかなかった。あっという間に少女がのしかかってきて、裸の乳房がハルの目の前で揺れた。

どうしてここにいるんだったか、自分は誰だったか、ハルの頭の中は白く飛んでしまう。どこへ行こうとしていたのかも忘れてしまった。いつもそうだ、質問は口にする前にすでにどうでもよくなっている。ハルは少女の白い乳房をつかむ。身体が熱い。もう、何がどうでもかまわなかった。

遥名

退屈を噛み殺しながらビールを飲んでいる。喧《やかま》しい音楽が鳴っている。へたくそなカラオケの歌と踊り。やっている本人たちも、それを見せられている人たちも、楽しくないに違いない。それでも笑顔を保っているのは、みんなえらい。拍手をするならそこにだ。

ぜんぜんきれいでも上手でもないカラオケの歌と踊りが終わり、正面の舞台から同期を含め七人の女性社員たちが下りてきて、拍手がわく。もちろん遥名もちゃんと拍手をする。笑顔もつくる。

「いつ見てもクールですね」

隣の席に滑り込んできた一年下の沼田《ぬまた》が、遥名の空いたグラスにビールを注ぐ。もうビールはいい。べつにおいしくもない。それでも遥名は沼田の持ってきたグラスにも注いでやり、特に意味もなく、お疲れさま、と微笑んでやる。

「大野さん、歌わないんですか」

沼田が聞く。遥名はにっこりとうなずく。なんて便利なんだろう。この「にっこり」を習得したおかげで、物事がずいぶん楽になった。

中学生の頃から長く使ってきた舌たらずのしゃべり方は要らなくなった。わざとばかっぽく見せて周囲から打たれないようにするのは、いつのまにか何かを消耗するやり方だったと思う。わかってはいても、あの頃はそんなふうにしかかわせなかった。

「群れない人ってカッコいいです」

沼田は冗談なのか本気なのか量りかねる口調でいった。

群れない、とまでいわれると気恥ずかしい。実際はただつきあいが悪いだけだ。遥名にもそれくらいの自覚はある。でも、入社三年目でなんとなく差がついてきた。仕事で評価されることが増え、無理に周囲に合わせなくていいと思えるようになった。仕事つきあいに時間を割かれるより、仕事を優先したい。ばかのふりをしなくてもいいのだ。今の遥名の人生には仕事の比重が大きい。

遥名は二年前に大学を出て、そのまま東京で就職した。両親は地元に帰ってくるものと期待していたようで、一時は地元の企業や役所を盛んに勧めてきた。それでも、超氷河期といわれるこの時期に遥名が東京で大手企業から内定をもらったあたりから、何もいわなくなった。

女の子は、いつかは出ていく。父親がそんなことをいっていたと兄の聡から聞いて、申し訳なくなる。地方では、ほんとうは男の子のほうが出ていく割合が高いのではないか。聡がたまたま地元で就職してくれて助かった。ふたりとも東京に出たまま帰らなかったなら、さすがに気が退けたかもしれない。

「あれっ、大野さんは歌わないの？」

隣の課の河柄《かわえ》がまるで今気づいたかのように遥名に近づいてくる。遥名はすかさず「にっこり」を返す。

「ええ、あんまり歌が得意じゃないんです」

「へええ、なんでもできる大野さんにも弱点はあるんだなあ」

大げさに驚いたようなふりをして河柄はちゃっかり遥名の隣に腰を下ろす。

「ビール飲んでるの？　いけるくちだっけ？　じゃあ、ほら、ぐーっと空けて」

「河柄さん、やめてくださいよ、大野さん困ってるじゃないですか」

沼田が笑いながら助けてくれようとするが、河柄は素知らぬ顔をしている。

「あー、河柄さん、あたしたちのモーニング娘。見ててくれましたぁ？」

連れ立ってやってきた女性社員たちが河柄に話しかけ、河柄は相好《そうごう》を崩して彼女らのほうを向く。もっとも、彼女らは遥名を助けに来てくれたわけではない。

「大野さんは何を歌うの？」

モーニング娘。グループの北見菜々子《きたみななこ》が遥名に聞く。この人は入社年次で遥名の二つ上だが、短大卒だから同じ歳のはずだ。

「大野さんの歌、聞いてみたいですぅ」

二つ下の七瀬《ななせ》かおりがいう。

歌、苦手なんです、という何度も繰り返した台詞《せりふ》より先に、とっさに、

「モーニング娘。すっごくかわいかったですね」

われながらしらじらしいお世辞が出た。

「えー、ほんとですかぁ、彩香《あやか》が途中で間違えちゃってぇ、もうどうしようかと思ったんだけど」

「やだ、間違えたのはそっちじゃん」

にぎやかに笑って楽しそうだ。

「大野さんが入ったら、即センターだね」

アルコールの入った赤ら顔で河柄がいう。ばっかじゃないの。せっかく場が和んでいるのに、どうしてそんなことをいうの。もしかして、ばかのふりをしてるんじゃなくて、ほんとにばかなの？　遥名は河柄に「にっこり」つめたい一瞥《いちべつ》を投げる。

目立ちたくなかった。自信がないからではない。自信があるから、こんなところで目立たなくていい、と思う。いつかきちんと相応の舞台で目立つときが来る。舞台というのが晴れがましすぎるなら、シーンで、といい替えてもいい。ふさわしいとき、ふさわしい場所で、ふさわしいやり方で目立つのだ。

それまでは、目立たなくていい。むしろ、注目してほしくない。まだ、まだだ。遥名は自分はまだだと思う。準備ができていない。ふさわしいときのための準備。それがどんな準備なのかはわからないが。

「課長ってほんっと大野さんがお気に入りですよねぇ」

北見がいい、河柄がだらしなく笑う。

「美人はいいよねぇ」

北見が穏やかに挑発してきても遥名はただただ「にっこり」している。かわせ。流せ。どんな攻撃もよけるが勝ちだ。

遥名は壁の時計を見る。時間がもったいない。もう少し仕事を片づけておきたかった。遥名は、医療用機械を販売する今の仕事が好きだ。営業成績も上々だった。自分の舞台はたぶんここなのだろうと思っている。ここでがんばって実績をつくりたい。目立つなら、優秀な営業として目立ちたい。

そろそろお開きの時間だった。二次会がどこで行われるのか知らないが、遥名ははじめから出るつもりがない。歓迎会自体も参加したくはなかったのだ。一次会の店を出たところで、ひっそりと帰ろうと思った。同じ課に新人は入ってきていないし、義理は果たした。早く帰って、今日の分の英会話の勉強をしよう。

そう思っていたのに、失敗してしまった。二次会の店が、思いのほか近かった。一次会の店を出たときに七瀬が遥名に話しかけてきて、それも仕事についての質問と相談だったから無下にもできずにいるうちに、店に着いてしまった。

「私はこれで……」

毅然《きぜん》といい放てば帰れただろう。しかし、遥名の口調は曖昧だった。目の前に現れた二次会の店は、ディスコだった。おおかた、幹事が上の代の機嫌をとって昔懐かしい店を選んだのだろう。

「えーっ、クラブじゃなくてディスコー？」

「信じらんなーい」

女性社員たちの不満げな声が聞こえてくる。

話には聞いていた。ディスコ。ぶるぶるっと遥名の胸の内側が震えた。それは遥名の、金ぴかの東京に対するイメージと重なって、憧れと怖れと胡散臭《うさんくさ》さを混ぜてこねて発酵させたような存在だった。一度は覗いてみたいと思っていたのだ。

高校生だった頃、遥名よりひとまわり年上の従姉《いとこ》の澪《みお》が得意げにしてくれた話がずっと胸に残っていた。友達三人と上京してディスコに乗り込んだ澪の話は、うんと俗っぽくて、ださくて、軽薄だと思うのに、なんだかきらきらしていてすごくうらやましかった。思い切り短いぴちぴちのワンピースを着ていったつもりだったのに、まわりを見たら澪のワンピースがいちばん丈が長かったのだそうだ。

「ハルちゃん、ディスコってすごいとこだよ。東京ってすごいとこだよ」

八センチのピンヒールを履いたらつってしまったという自分の足の裏を揉《も》みながら、

「あのヒールで踊り狂ってるの。勝てんよね、東京の子には」

澪はしみじみといったのだ。

勝てんのか。遥名はその勝てん東京で、今、勝てんディスコの前にいた。

遥名が上京した頃には、とっくにブームは過ぎ去って、おもな店はみんな閉店してしまっていた。それでよかったと思っている。どうせ遥名には縁のない場所だった。

それでも、間に合わなかった、という気持ちはいつまでも遥名の中にあった。もしも間に合っていたとしても決して踊らなかったに違いないのに。

「どうしたの？　大野さん、入ろう？」

同僚たちは文句をいいながらも店に入っていく。

きっと、遥名のイメージするディスコとは別物なのだろう。だいたい、ぴちぴちのワンピースも着ず、ピンヒールも履かずに、二次会で大人数で繰り出すような場所じゃないはずだった。がっかりすることになるかもしれない。もしかしたら、がっかりするために行くのかもしれない。東京に来たら人生が開けるとか、翼が生えるんじゃないかとかどこかで思っていた遥名の、そういう妄想と同じ部屋に、埃《ほこり》をかぶって放置してあったディスコだ。今ここで、燻る火にじゅっと水をかけてしまえばいい。

そう思いつくと、遥名はむしろ潔く、思いがけず登場したディスコの店内にローヒールのパンプスを踏み入れた。


自分はたぶんもう大人なのだ。遥名はカウンターのスツールでしみじみと思った。やっと入ったディスコでも胸は高鳴らない。がっかりもしない。たぶん、妄想の入る余地が胸の中にもうないのだ。だいたいのあたりをつけた通りに物事は進んでいく。

勝てんはずのディスコも想像を超えなかった。スツールにひとりですわって、踊る人たちを見ている。つまらない大人にはなりたくないと思っていたが、きっと今の自分はつまらない大人に見えるだろう。それでいい、とあらためて思う。人からどう見られてもいいのだ、と嘯《うそぶ》いてみる。

「踊らないの？」

あまりにも自然に声をかけられたので、遥名は「にっこり」を忘れて、素《す》でうなずいてしまった。仲村《なかむら》という男性社員だ。去年、異動で本社に来た人だが、遥名とは仕事が重ならないのでほとんど話したことがない。

「踊れないんです」

すると、相手は不思議そうな顔をした。小さな男の子が、たとえば昼間の空に月を見つけたときのような、素直な驚きと疑問を隠せないような顔。遥名にはその反応こそが不思議だった。不思議なことなど何もない。ただ踊れないと答えただけだ。なにしろ踊りといえば、地元の夏祭りで盆踊りを踊ったことがあるくらいだ。

「踊れないわけがないよ」

仲村はいった。そして、スツールに腰掛けている遥名の手をとても自然に取った。直前に小さな男の子を連想していたせいか、幼稚園のお遊戯を思い出して、遥名はうすく微笑んだ。子供がふざけているみたいな軽い感じだった。

「次の曲で入ろう」

遥名の右手を取ったまま、屈託なく仲村がいった。その声で我に返った。

「あの、私、ほんとうに踊れないんです」

仲村を見上げていうと、彼はまた不思議そうな顔になった。

「踊れない人なんていないよ。踊ったことがないだけじゃない？」

思い出した。踊ったことは盆踊り以外にもあった。中学の体育の創作ダンス。あれは苦痛だった。「海」だとか「悲しみ」だとか「躍動」だとか、テーマに合わせて自分たちで振り付けを考えなければいけない。誰もやろうとしないので、単純なステップと動作を組み合わせてなんとか表現したが、きっと悲惨だった。

遥名は首を横に振った。

「踊れませんでした」

すると、隣で仲村がくつくつと笑っている。

「まだ踊ってもいないのに、どうして過去形なの」

踊ったときのことを思い出していたからです、と説明する前に、仲村は遥名のほうに身体ごと向き直った。

「じゃあ、ちょっと練習してみようか」

そうして、自分の右手で遥名の左手も取った。遥名は少し戸惑ったが、薄暗いフロアは、にぎやかな音楽と熱気に満ち、誰も遥名たちのことを気にしていないらしい。

「いい？　音楽をよく聴いて」

仲村が指で小さくリズムを取る。

「ワン、ツー、ワン、ツー。ほら、このリズムだけ守ればいいんだ」

靴で、タン、タン、タン、タン、とわかりやすくリズムを取ってみせてくれる。

「次は、このリズムに合わせて膝を曲げてごらん」

ワン、ツー、ワン、ツー。

「そうそう、うまいうまい」

ワン、ツー、ワン、ツー。遥名は幼稚園児のように膝を曲げて伸ばす。

「いい？　じゃあ今度は倍の速さで。音楽をよく聴いて。ワンツ、ワンツ、ワンツ、ワンツ、ワンツ、ワンツ」

ワンツ、ワンツ、ワンツ、ワンツ。仲村に両手を預けて膝を曲げたり伸ばしたりしている。なんでこんなことをやっているのかと考える暇もない。

「じゃあ今度は、膝を曲げて伸ばすときに、身体を前へ、後ろへ、前へ、後ろへ、そうそう、いいね、うまいよ、大野さん」

自分も身体を前へ後ろへ揺らしながら仲村は楽しそうだ。

「楽しむために踊るんだよ。人からどう見えるかなんて気にしなくていい。そんなのはプロのダンサーに任せておけばいいんだ」

楽しい、だろうか？　踊ったら楽しくなれるだろうか？　ワンツ、ワンツ、ワンツ、ワンツ、身体でリズムを刻みながら考える。遥名にはわからない。さっきモーニング娘。を踊った人たちをかっこ悪いと思ったばかりだ。

「自然に任せて踊ればいいんだ。音楽に乗れれば勝手に身体が動いて気持ちよくなれるから」

曲が終わり、一瞬の間も置かずに次の曲になった。

「ほら、入ろう」

仲村は遥名の左手だけを離し、右手をつないだ形でフロアの中ほどに進んだ。踊れない、まだ踊れない、と思うのに、もう曲は始まっている。

「だいじょうぶ、みんな好きなように踊ってるから。ビートにさえ乗っていれば、何をやってもいいんだ」

ワン、ツー、ワン、ツー。仲村がまた遥名の両手を取って、ゆっくりめのリズムを刻んでくれている。ワン、ツー、ワン、ツー。遥名は少し恥ずかしい。まわりを見る余裕もない。仲村が身体を動かすのについていくだけで精いっぱいだ。

ワンツ、ワンツ、ワンツ、ワンツ。仲村の動きが速くなった。自然に遥名も速くなる。ズン、ズン、ズン、ズン。低いバスドラムが身体の重心に響いている。両手をつないで向かい合ったまま、左右に、前後に、揺れる。仲村が遥名の左手を離し、右手を引いて新しい動きを促す。遥名は自然に右足を前後させることになる。左足を軸にすればうまくいく、と盆踊りしか踊ったことのなかった遥名でも気づく。気づくより先に身体がそうしている。ビートが正確だからか、少し酔っているからか、それともこれが音楽の力なのか。軽く汗ばみはじめている。気持ちが高揚している。仲村とは息がぴったり合っている。仲村のリードで、遥名はそのままくるりと回転する。穿いていたスカートがふわっと開いた。

踊りながら仲村が何かいっている。

「え、なんですか?」

聞き返しても、音楽と喧噪《けんそう》に紛れて遥名の声は届かない。ワンツ、ワンツ、ワンツ、ワンツ。遥名はリズムを取りながら、仲村に顔を近づける。

「大野さん、踊りがきれいだ」

遥名の気持ちがぱぁっと開く。「にっこり」の規定値を飛び越えて、遥名は全身で笑っている。踊るって楽しい。踊るって楽しい。

遥名と仲村は踊り続ける。まわりのことは目に入らない。仲村が引く、遥名が踏み込む。ワンツ、ワンツ、仲村は左へ、遥名は右へ。ワンツ、ワンツ、仲村が縮む、遥名は伸びる。飛び散った汗がライトにきらきら光っている。ふたりはそのままフロアの真ん中で踊り続けた。

一度音楽が止んだ後、静かな曲に変わったとき、やっとふたりはカウンターへ戻った。つないでいた手はこのときに離れた。

「何飲む？」

仲村が聞き、

「ペリエ」

遥名は即座に答えた。とても喉が渇いていた。それから気がついて、

「ペリエをお願いします」

といい直した。仲村は課長だった。正確な年齢は知らないが、十くらいは上だと思う。

「いいよ、そんな急にかしこまらないで」

仲村は笑った。無邪気そうな笑顔だった。

ふたりでカウンターで飲んでいると、いろんな人が来た。仲村のところには女性社員が何人も、踊りましょう、と誘いに来る。

河柄も来た。

「大胆に踊るよなあ」

仲村の肩を叩《たた》いていった。

「奥さんにチクっちゃうよ、いいのか？」

遥名のほうをちらちら見ながらいう。

ばかだなあ、と思った。この人はほんとうにばかだ。こんなに楽しい時間に水を差すしかやることはないのか。こんな、今だけの、非日常の、二度とない、だからこそ輝くような、濃密な楽しい時間に。

ちょうどまた誰かが仲村のほうに誘いに来たのを見計らって、遥名はスツールを下りた。

「じゃあ、私はこれで失礼します」

え、とふたりが同時に声を上げた。仲村と河柄だ。

「仲村さん、今日はどうもありがとうございました」

お辞儀をすると、仲村もスツールから下りて笑顔になった。

「こちらこそ。ほんとうに楽しかった」

ああ、いい笑顔だな、と遥名は思った。河柄を含め、まわりにいた人にも軽く会釈をしながらフロアを抜ける。幹事に断ったほうがいいだろうかと一瞬思ったが、忘れることにした。踊ったら、自由になった。何かから解放されて、ずんずん歩ける気がした。

店から出ると、外は日常の夜だった。通りにはまだたくさんの人がいて、まったく普通の、東京の平日の夜なのだった。

「澪ちゃん、私、ディスコに行ったよ」

地下鉄の階段を下りながら、胸の中で遥名は従姉に話しかける。

「すっごく楽しいところだったよ」

今は地元で嫁いで三児の母となっている従姉の顔がほころんだ。

「東京に来て、よかった」

遥名の胸にはまだ熱が残っていて、じんじんと放射している。

休日出勤をした帰りに、大きな書店に寄ろうと思い、遥名はターミナル駅で降りた。細かい雨の降る土曜の午後だった。遥名は赤い傘を持っていた。久しぶりに使う。五月に入って初めての雨だった。

改札を出たところで、ふと見ると、少し前を仲村が歩いていた。顔が見えたわけでもないのに、どうして仲村だとわかったのだろう。中肉中背で、とりたてて特徴のない黒い髪、ダークグレーのスーツ。でも、間違いない。あれは仲村だ。遥名の心臓はどきどき鳴った。ディスコの夜から三週間近くが経っていた。

声をかける気はなかった。かけるチャンスがあったとしたなら、見つけた瞬間だったろう。それを逃した今さら話しかけるには、遥名の胸は少し高鳴りすぎていた。仲村は黒い傘を差し、遥名が行こうと思っていた方向へ歩いていく。人通りは多い。傘の波にすぐに背中が見えなくなりそうで、遥名は赤い傘を差して少し後ろをついていった。

これが有名な吊り橋効果だ。遥名は冷静に自分にいい聞かせる。吊り橋の上で出会った男女は、揺れる吊り橋のせいでどきどきしているのに、相手にどきどきしているのだと錯覚して恋に落ちてしまうのだという。仲村とは、前回会ったとき、ディスコで踊った。楽しかった。汗をかいた。運動をしたから、しばらく心臓がどきどきした。それを、身体が勝手に間違えている。どきどきしたから、汗をかいたから、楽しかったから、遥名は仲村が好きなのだと身体は思い込んでいる。ちがう。現に、あの夜以来、仲村を恋しく思い出すことはなかった。会社でも探さなかった。

それは、仲村が既婚者だと知っていたからだ、と理性が伝えてくる。ほら見ろ、理性で気持ちを抑え込んだんじゃないか、と胸の奥で声がする。誰がしゃべっているのかわからない。身体なのか、気持ちなのか。

好きなら好きでいいんだよ。好きだと感じることはまったく悪いことじゃない。遥名の胸の中で誰かが囁いている。大きなお世話だ。悪いことじゃなくても、苦しいことだ。既婚者を好きになってもつらいだけだ。

つらくてもしかたがないだろう。好きになってしまったら、それはもうしかたがない。胸の中でとくとくとしゃべっているのはいったい誰だ。遥名は腹を立てている。勝手に胸の中にあるものを暴かないでもらいたい。あの夜はたしかに楽しかった。信じられないくらい楽しかった。それだけだ。

遥名は舗道で立ち止まる。後ろから、傘がぶつかってくる。少し前に仲村の背中が見える。もう見ないようにしよう、と思う。こんな偶然は神様のいたずらでさえない。休日出勤した会社の帰りに、たまたま同じ電車に乗って同じ駅で降りただけだ。遥名はくるりとまわれ右をし、そのまま駅のほうへ戻る。人混みの中に仲村の背中が消えるのを待つ。

「雨にー濡れながーらー」

わけのわからない歌が遥名の口をついて出る。

「あなたをー待ってるーにちようびー」

そこまで歌って口を閉じた。日曜日に濡れて待つのはつらかろう。そして今日は土曜日だ。

「さて」

遥名は向きを変える。気持ちも変える。行くはずだったほうへ再び足を向ける。本屋さんへ行くのだ。週末に読むための本を買おう。

遥名はなんでも読む。フィクションも、ノンフィクションも、新書も、実用書も、日本のものも、海外のものもだ。ただ、そのときに合ったものを読みたい。だから、たいてい毎週本屋へ通って自分の目で見て、さわって選ぶ。

今日もそうするつもりだった。一階をざっと見てから、エスカレーターで二階へ上った。ゆっくりと棚を見てまわり、平台に置かれていた一冊を取り、開いてみる。それを持ったまま隣の棚へ移動する。そこで遥名の心臓はどくんと大きく鳴った。仲村がいた。本を手に取って、見ている。遥名はその姿にほとんど感動した。仲村が本を手に取って、見ている。それだけでこんなにも胸を打つのか、としばらく眺めている。それが恋なのだといわれれば、いいえ、これは恋ではない、といい張るに違いないのだけれど。

不意に仲村が顔を上げた。遥名はとっさに動けず、「にっこり」もつくれないまま、素のままで目が合ってしまう。そのときの、仲村の顔。身震いがした。素敵だ、と思った。素敵という言葉は使わないようにしようと常日頃思っているにもかかわらずだ。かわいいとか、すごいとか、素敵だとか、そのひとことで済ませてしまうのは思考停止だと遥名は思う。そう、思考は停止している。仲村のこんな顔を見られただけでしあわせだ。そう思ってしまう。しあわせという言葉も使わないようにしていたにもかかわらずだ。

遥名はこれまでずっとこつこつこつこつこつビートを刻んできた。ひとつずつ、積み重ね、積み上げて、いつかは晴れの舞台へ。でも、こつこつこつ、こつこつこつ、ビートとリズムは違う。仲村と踊ったときに、身体でわかった。この人には生きるリズムがある。躍動がある。仲村といると楽しい。

仲村が遥名に笑いかける。やあ、と軽く手を上げる。その長い指に遥名の目は釘付けになる。遥名の手を取ったときの仲村の手の感触が、今もありありとよみがえる。

勝手に憧れているだけならゆるされるだろうか。

誰にゆるされるのか、憧れが何に変わったらゆるされないのか、遥名にはよくわからない。それでも、認めなければならない。憧れは止められない。

「それ」

仲村の美しい指が差しているものが自分が手にしている本だと気づいて、遥名は少し恥ずかしい。経理についての参考書だ。

「それ、大野さんが読むの?」

遥名は小さくうなずく。

「いいね、財務諸表は勉強しておくといい」

仲村はそういっただけで、あとは黙っている。沈黙はつらかった。遥名とは一度踊っただけだ。話すことなど何もないのだといわれている気がした。

「じゃあ私はこれで」

遥名の声に仲村の声が重なった。

「もし時間があるなら」

言葉を選んでいるみたいな控えめな声だった。もしかして、他に勉強しておくといい分野を教えてくれるのかと遥名は期待した。押しつけがましくないよう、あるいは遥名の知識の量を測りかねて迷っているのかもしれなかった。なんにせよ、まったく会話が続かないよりずっとよかった。

「お茶を飲んでいかない?」

驚いて、仲村の顔を見る。少しはにかんだような目がやさしくて、素敵も、きれいも、すごいも、しあわせも、封印を解かれて遥名の胸をぐるぐるめぐる。

答えはもちろん決まっている。でも、遥名は一瞬だけ考える。お茶は、憧れの範囲内だろうか。仲村とお茶を飲むことはゆるされるだろうか。ゆるされるに決まっている、と遥名はうなずく。巧妙に、いくつかのキーワードを抜いている。「雨の降る」「土曜の午後に」「ふたりで」、そして「既婚者」。どれも、こつこつの範疇《はんちゅう》に収まる単語だろう。雨が降っている。それがどうした。既婚者。だから何。ふたりで。たまにはそういうこともあるだろう。そういうこつこつ度合いだ。——ただ、それがふたつ以上積み重なると、そこはかとなく揺れる。ビートだったところにリズムが生まれる。

遥名がうなずくと、仲村はほっとしたような笑顔になった。素敵だ、と遥名はまた思った。本の会計をしながら、ふたりでエスカレーターを下りながら、遥名は慎重に仲村の横顔を盗み見る。この人が自分に対してどういう感情を持っているのか、知らない。知らないほうがいいと思う。さっきのあの顔、ああいう顔を見せてくれるのなら、それでじゅうぶんではないか。

黒い傘と赤い傘は並んで駅とは反対方向に歩いていく。雨はすでに止んでいるが、ふたりとも傘を閉じなかった。傘で自分たちから立ち上る気配を消せるか試しているみたいに。

第4話

2009年　7月

ハル

天井裏に潜んでいたら、話し声が聞こえてきた。下のフロアで誰かが話しているらしい。土曜なのに人が来るとは、不覚だった。なるべく音を立てないよう、じっとしていた。突然天井から物音がしたら、きっと驚かせてしまうだろう。

次の瞬間、驚いたのはこっちだった。誰かが走り去るような物音が聞こえたかと思うと、突然、下から名前を呼ばれたのだ。

「ハル！」

男の声だった。

天井裏で、今も五メートルほど離れたところで作業をしている社長の姿を確認する。落ち着け。社長はそこにいる。温之をハルと呼ぶ人間は、社長以外には母と健太、それにミナくらいしかいない。しばらく息を潜めて下の様子を窺《うかが》ってから、作業に戻った。それっきり、下から声は聞こえてこなかった。

「これが済んだらひと息つこう」

配電盤から顔を上げずに社長がいう。
「はい」
そういえば、お昼だった。作業に没頭していて気づかなかった。

電気の配線工をやっている。建築物を造るときに、どこにどんな電気が必要か考えて設計し、実際にその電線を引く仕事だ。建築の設計図に、電気の配線を埋めていく。その地図通りに電線をつなぐ。それはひとつの世界だ。

物心ついたときから、地図を読むのが好きだった。いくら見ていても飽きなかった。まさかそれが仕事と結びつくとは思わなかったのに、今は自分で地図――正確には配線図だ――を描いている。これ以上、望むことはない。仕事といったら、大変なことばかりだろうと思っていたのだ。

実際のところ、学生時代のほうがよほど大変だった。毎日毎日箒《ほうき》で掃かれて教室や廊下の隅に寄せられた埃みたいな存在だった。小学校に上がった頃からそうだったから、それが普通だと思っていた。邪魔にされて、怒られたり、たまに殴られたりしても、黙っていた。理由がわからなかったからだ。自分はいつも置いてきぼりで、それはたぶん学校の中でだけのことじゃないんだろうとぼんやり思っていた。たとえ学校を辞めても、どこにいても誰からも置いてきぼりなのだと思った。いつも、どこにいればいいのかわからなくて、じっとしていた。たまにうろうろすると、必ず見当違いの場所へ出た。

初めて社長と会ったとき、温之は十九歳だった。六年前の話だ。高校へも行かず、どうしてそこにいるのか自分でもわからないまま、海の近くの日当たりの悪いアパートの二階でじっとしていた。

働いてよ、といわれた。どんな口調でいわれたのだったか、今はもう思い出せない。今になって考えれば、詰《なじ》られたとしても当然だ。ある日転がり込んだ女の子の家に四か月も居すわって、働きもせず彼女のお金で暮らしていた。働いてよ、といわれてようやく、それもそうだと思ったのだ。

あの夏の間、毎日海に通っていた。適当に海に入って泳いだり、砂浜で寝転んだりしていれば、やがて夕方になった。海水浴客は多かったけれど、誰も温之のことなど気にも留めないのがよかった。いちばん好きだったのは、浅瀬を小走りに移動するヤドカリを見ることだ。気をつけて見ていると、あちこちで巻き貝が動いていた。その動線を探り、これから進む先を予想するのは楽しかった。いつのまにか日は傾いていた。暗くなる頃にはお腹が空《す》くので、アパートに帰ってごはんを食べる。ごはんといっても、インスタントラーメンだったり、食パンにハムとチーズを挟んだだけのサンドイッチだったり、コンビニのおにぎりとアイスだったり、そんなようなものだ。

　ミナというのが女の子の名前だった。どんな字を書くのか、結局最後まで聞かなかった。歳も知らない。たぶん、温之より若かったはずだ。でも温之はいつも彼女を自分よりずっと年上のように感じた。彼女は、温之を拾ったときと同じように海辺を散歩するのを好んだ。ただ歩くだけで、海には入らなかった。夏は混《こ》むから嫌だといっていた。彼女の気が向けば、そのまま一緒にスーパーに買い物に行ったりもした。支払いをするのは、彼女だった。温之がなけなしのお金を出そうとすると、いいから、と押し戻した。

　不思議だった。こんなに楽でいいのか、と思った。これまで、どうしてあんなに大変だったんだろう。誰にも何も要求されず、ただ生きていればいい。早く気づけばよかったのだ。海辺で暮らしていればよかったとも思った。温之は、海辺の町に生まれても学校には行かなければならなかったことや、生活をするにはお金が必要だということを忘れていた。ミナがほんとうに何も要求していないのか、考えることもなかった。

一日じゅう海にいるから、夜は早く眠くなる。ミナは、温之が眠る頃に出かけていくことも多かった。温之は、朝起きると、まだぐっすり眠っているミナを起こさないよう気をつけてアパートを出る。彼女が何をしているのか知らなかったし、知ろうともしなかった。

働いてよ、といわれたときも、怒られた感じはしなかった。もしも働きさえすればまだ一緒に暮らしてもいいということだったのかもしれない。そのときの温之は、あそうか、働かなくてはいけない、と思っただけで、ミナの気持ちを考えなかった。

秋になったある日、コンビニに置いてある無料冊子に、電気工事の会社の求人がでていた。正確にいえば、会社の下請けの現場作業のアルバイトだ。現場のショッピングモールは駅の反対側にあり、アパートからはなんとか歩ける距離だった。それだけの理由で応募して、あっさり採用された。

そこに一か月半いた。社員の指示に従って、物を運んだり、線をつないだりするだけの仕事だ。単純労働というのは、おもしろくもないけれども面倒でもなかった。ちょうど海で泳ぐには寒い時期に入っていたし、そうなれば他にすることもない。他に行くところもなかった。父のいる実家に帰ろうとはなぜか思いつかなかった。それで始めたアルバイトだ。軽い気持ちのつもりだったけれど、今から思えば、もう少し別の感情もあったような気もする。ひとつにはたぶん、リクエストに応えたのだ。働いてよ、といわれて応えられる自分のことが、温之は少しうれしかった。

一か月半で、大きなショッピングモールの改装が終わり、現場は解散となった。アルバイトもそこまでのはずだった。しかし、電気工事会社の社長が声をかけてくれた。

「うちで働かないか」

口数の少ない、丸い顔の、小柄な男の人だ。いつも薄い黄緑色の作業着を着ているせいもあり、いわれなければこの人が社長だとは思わなかっただろう。ぜんぜん口をきいたこともなかったからびっくりした。

「おまえ、キャベツみたいにもくもくと働くから。よかったら、来ないか」

キャベツみたいというのがどういうことなのかわからなかったけど、キャベツは好きだった。このまま働けるのならとてもいいことだと思った。それで初めて気がついた。もうひとつ芽生えかけていた別の感情。温之は働くことが好きだった。きちんと働いていれば、頭数として入れてもらえる実感がある。それは画期的なことだった。

たまたま今回の現場が近所だったというだけで、電気工事会社の本社は東京にあった。近くに安い部屋を見つけてやるよ、と社長にいわれた。

その日はアパートにミナがいた。帰ってすぐに話すと、そう、といわれただけだ。

べつになんでもないことみたいだった。なんとなく大きなことのような気がしていたけれど、ほんとうはそうでもなかったんだな、と温之は思った。少しがっかりした。それからもうその話はしなかった。

翌朝、蒲団から出ようとするとミナの手が伸びてきて温之のシャツの裾をつかんだ。

「飼ってもいいよ」

飼うって何を。温之が訝っていると、ミナは蒲団に顔を埋めたままでいった。

「ヤドカリ」

おかしなことをいう。ヤドカリは好きだが、飼うつもりはない。あれは海辺を移動するからいいのだ。飼ってもしかたがないだろう。温之が黙って立ち上がったので、その話もそれきりになった。

部屋が見つかったとすぐに連絡が来た。引っ越しといっても、荷物はない。ただ電車に乗ればいいだけのことだ。簡単だった。一か月半働いた分のアルバイト代をミナに渡した。ミナは給料袋に入ったままのバイト代を見て、顔を真っ赤にした。

「ばかにしないでよ」

ばかになんかしていない。今まで全部ミナが支払ってきてくれたから、少しでも返そうと思っただけだ。でも、ミナがあんまり怒っているから何もいえなかった。自分

は また何か間違えたのだ、と温之は思った。

「ばか」

ミナは低い声で罵《のの》った。

「ばか、ハルのばか、ばか、ハルのばか」

他に言葉を知らない幼児みたいだった。でも、ミナがいうなら僕はばかなのだろうと温之は思った。ばかだけども、ひとつだけ思い浮かんだことをいった。

「ありがとう。助けてくれて」

ミナの顔がまた真っ赤になった。


最初は、いわれた通りに雑用をするだけだった。コピーだとか、電線やケーブルや工具の整理だとか。

あるとき、コピーを頼まれて図面を預かった。分厚い図面だった。綴《と》じてあるのを外して揃えて、それをフィーダーに吸わせながら、びゅいんびゅいん出てくる用紙を見ていた。きちんと順番通りに出てきているか確認しているうちに、突然気がついた。続いている。この図面、続いている。ただの印刷物でしかなかったはずのそれは、よく見れば、描かれた線が続いて、つながって、ひとつの道を表している。目が吸い寄せられた。きれいだ、と思った。それ以前に、わかる、と思ったのだったか。その図面は、温之にとっては読み慣れた地図のようなものだった。いくつかの不明な記号の意味さえ調べれば、この配線図が何をしようとしているのかわかる。意図だとか、目的だとか、つながりだとか、言葉で説明しようとするととても面倒なことが、整然と表されている。まったく無駄のない、でも非常に親切な図面だと感じた。

仕事が俄然《がぜん》楽しくなった。自分が何を扱っているのか、わかる。それも、とても大事なものだ。もしもこれがなかったらこの世界が立ち上がらない、それくらい重要なものなのだ。温之は静かに興奮した。自分は埃かもしれないが、自分の仕事は埃ではない。もっと、図面について知りたい。勉強して、読めるだけでなく描けるようになりたい。生まれて初めて、自分で物事を調べようと思った。それを覚えよう、身につけようと思った。幸い、職場に資料は山ほどあった。知識はするすると温之の身体に入っていった。

驚いたのは、社員の人たちが普通に話しかけてくれることだ。

「昼飯食べにいかないか」

学生時代には誘われることもなかったから少し戸惑った。

「あっという間に仕事覚えたな」

そういわれるとうれしかった。

仕事を覚えられなかった先輩社員が辞めていくのも見た。親切な人だった。温之にもやさしくしてくれた。でもどうすることもできなかった。

「おまえは謙遜《けんそん》しないからいい」

社長がいった。

「絶対に手を抜かない。それはある種の才能だな」

何十枚もの図面と首っ引きで、配線図を描いていたときだ。夜も遅かった。社長は戸締りをして、最後に温之に声をかけた。

「あんまり根を詰めるなよ」

温之は顔を上げて、はい、とうなずいた。

その温之の顔を社長はしげしげと見た。

「好きなんだなあ」

社長が破顔した理由がわからず、そもそも何を好きなんだなといわれたのかもよくわからず、たぶんきょとんとしていたのだろう。

「図面、好きなんだろ？」

好きかどうか、考えたこともなかった。図面が好きなのか、配線自体が好きなのか。

──どちらも、好きだ。統制のとれていなかった場所に、線を引く。混沌としていたところに、道が現れる。何もないところに、電気が通る。その道筋を、たどっていく。紙の上に線を引く。そこに秩序が生まれる。

「好きです」

顔を上げたまま答えると、はっはっはっと社長は笑った。丸顔がよけい丸く見えた。

「おまえは謙遜しないからいい」

謙遜？　何を謙遜しなかったのだろう。よくわからなかったが、これまでにもときどき社長はわけのわからないことをいったりやったりした。そもそも温之を自分の会社に入れてくれたこと自体、わけのわからないことだった。

「ま、がんばれ」

温之の肩をぽんと叩くと、機嫌よく事務所を出ていった。

住宅新築のための電気の配線をする仕事を覚えてこなすようになると、より複雑な会社やビルの仕事に加えてもらえるようになった。ビルの電気の配線ともなると、温之の胸は躍った。大きな地図が描ける。大きい建物が好きなわけではなく、長い配線、複雑な回路が好きだった。配線図だけで分厚い雑誌くらいになる。自分で世界をひとつつくるような感覚になった。地図をつくる人もこんな感じなのだろうか。

社長は温之をかわいがってくれた。口数は多くないままだけれど、何かと面倒を見てくれて、仕事をたくさん与えてくれた。温之は仕事が好きだった。デスクワークも現場の作業もどちらも好んだ。重宝がられて、三年を過ぎるあたりから、社長の仕事には必ず温之が助手につくようになった。

新築でなく、改築の現場に入ることもよくあった。営業を続ける現場に入るのは、たいてい休日か、急ぎの場合は平日の深夜だ。週末や深夜の、無人の現場で作業をするのは好きだった。埃みたいだった自分が、わずかながらも社会に触れている実感を持てた。学校で息を殺しているより、部屋でぼうっとしているより、海で泳いでいるより、無人の会社や店舗で仕事をしているほうが身体が楽だった。

フロアを拡張して以来、電圧が不安定になっているという現場に行ったのも、土曜だった。電気工事に入るからその日はできるだけ無人にしてほしいと依頼したはずなのに、人がいた。こちらの依頼など、なかなか通達してもらえないのはいつものことだ。図面上おかしなところはなかったので、天井裏の配線を社長とふたりで実地で確認した。それでも、翌週、また苦情が出た。やはり不備があるらしい。一刻も早く対処してほしいという。

配線の問題ではないのではないかと考えながら、社長と温之は平日の昼間に現場に出向いた。拡張したフロアに出ているコードをすべて確認していくしかない。お昼休みを狙《ねら》ってきたけれど、社員が大勢いた。土曜の印象とは違って、ざわざわとにぎやかな感じのオフィスだった。こういうところで働くと、自分はまた埃になってしまうのだろうか、と温之は思った。

そのとき、向こうから来る女性が目に入った。紺色のきれいな服を着ていた。紺色がきれいなのか、服がきれいなのか、温之にはわからなかった。着ている人がきれいなのだと気づくまでにしばらくかかった。温之より少し年上に見える、とてもきれいな人だった。ぜんぜん笑わないで歩いてきて、でも通り過ぎるときに、温之たちが運んでいる脚立と工具を見て、お疲れさまです、と会釈をした。きれいな声だった。

「遥名さん」

入り口のほうから若い女が呼びかけて、彼女がそちらをふりむいた。

そのとき、はっとした。この人を知っている、という思いが不意によぎった。どうして知っているのだったか思い出せなかった。考えても思い出せないだろう。それほど不確かな記憶だった。でも、いつだったか、どこかで会っていたんじゃないか。

「おい」

足を止めた温之を、社長が怪訝《けげん》そうに見る。

「どうした、ハル」

その声に、彼女が一瞬社長を見て、それからこちらを見た。目が合った、と思う。きれいな目だった。そうか、この人もハルなんだ、とその目を見ながら思った。どうして知っていると思ったのか、彼女が誰なのか、何もわからなかった。でも、いつだってそうだ。温之にはわからないことが多すぎる。ただ、その人のことをなんてきれいなんだろうと思って、ただただ目を離すことができなくなって、彼女がフロアを歩いていくのを、そこに立ち止まったまま見つめていた。

遥名

「あたしは速攻の人だから」

そういったのは、大学の同級生だった美香里だ。学食でミルクセーキを飲みながら話しているときだった。何々の人、という呼称を自分に使うのは自意識過剰な印象がある。遥名はそう思ったが、美香里はそんなことはおかまいなしに続けた。

「スピード勝負なんだよね。待てない性分なの」

「うん」

曖昧にうなずいた。何の話をしているのかよくわからなかったせいもある。

美香里はきれいで、要領がよくて、頭の回転が速かった。いろんな話をぽんぽん振ってきて、遥名が応えるとうれしそうだった。男子には明らかに人気があったけれど、女子には疎まれていた覚えがある。でも、おしゃれや男子のことばかり考えているようでいて、成績は抜群だった。テニスサークルに所属していたのも、合コンのためかと思ったら、ほんとうにテニスがうまかったのだ。

「すぐに勝負をかけたくなっちゃうんだよね」

岩田くんだったか、岩崎《いわさき》くんだったか、名前は忘れてしまったが、当時美香里が夢中になっていた理工学部の男子の話をしているのだと思った。

岩田くんだか岩崎くんだかはあんまり女子慣れしてないみたいだし、美香里はじゅうぶんかわいいんだから、速攻でもだいじょうぶだ、と遥名は思ったのだ。

「もっといい状況になるのを待って、そこで一気に攻める、っていうのが大事なのよ。頭ではわかってるんだけど、我慢ができないのよねえ」

美香里ってすごいなあと素直に思って、学食の隣の席にすわるきれいな横顔を見た。一気に攻めるって、具体的にはどうするんだろう。この子に一気に攻められたら、たいていの男子は陥落するに違いない。

感心して見ていたら、美香里がふいっとこちらを見たので、ばっちり目が合ってしまった。

「スマッシュを打てる条件が五つあるとするでしょ」

「うん？」

「五つ揃っていれば完璧にスマッシュが決まる、っていう条件。それが整うまでは我慢してラリーを続けるべきなのよ。せめて四つ、ううん、三つでも」

「ラリー？」

よほど間抜けな顔をしていたんだと思う。美香里は、噛んで含めるようないい方で遥名に説明してくれた。

「テニス、知らない？　選手が打ち合うのをラリーっていうんだけど、観たことない？」

テレビで観たことなら、あった。伊達公子《だてきみこ》の引退試合だ。

「相手が構えてるところにいくらスマッシュを打ち込んでも、簡単に打ち返されちゃうでしょう。まずは、前後左右に振っておいた上で、反対側にビシッと打ち込めば、決まる確率が高いってこと」

「なるほど」

美香里は大げさに両手で顔を覆った。

「なのにあたしは、そこまで待てずに速攻でスマッシュを打ちたくなっちゃうのよ。それで負けたの、昨日の対抗試合。辛抱強く戦えば勝てる相手だったのに」

「そっか」

比喩ではなく、ほんとうにテニスの話だったのだ。大げさに見えたけれど本気で悔しがっているらしい。美香里のことをかわいいと初めて心から思った。かわいいけれども軽薄だ、世俗的だ、と軽く見ていたところがあった。

「だいじょうぶだよ。美香里が自分でそこまで弱点を把握してるんだから、次は活かせるよ」

遥名がいうと、美香里は顔を上げた。

「そうかな」

「そうだよ」

美香里は、するっと両腕を伸ばして遥名の首を抱えた。思いがけず美香里の顔が近くにあってどきどきした。

「うえーん、遥名、ありがとう」

甘ったるい声だった。普段なら鼻につくはずの甘ったるささえも、特別に感じられた。一気に間合いを詰められた——スマッシュを打ち込まれた瞬間だった。

どうして急に大学時代の美香里のことを思い出したかというと、ミルクセーキだ。住んでいる町の駅近くにカフェがある。今日初めてミルクセーキを注文して、ひとくち飲んで驚いた。大学の学食のミルクセーキとそっくりだった。学食は、他の食べものはまったく凡庸なのにミルクセーキだけが異様においしいことで評判だった。あま

りにも美味なので、何か変なものが混ぜられているんじゃないかと学生の間で噂にな
ったくらいだ。

美香里はどうしているだろう。

土曜の朝、カフェは空いている。懐かしいミルクセーキを飲みながら、外の景色を眺める。コンクリートの道、建物、車、人。何年も住んでいるのに知り合いのぜんぜんいない町の景色。会社の人と会いたくないから、会社からの路線の不便な、できるだけ遠い町を選んで越してきた。あの人が安心して訪ねてこられるように。

回数を数えないようにしている。あの人が訪ねてきた回数を。減ってきているのを数として受けとめたくなかった。量より質だと思いたかった。量より質、量より質、と呪文《じゅもん》のように自分にいい聞かせる。さて、とテーブルを立つ。これから仕事だ。電車を乗り継いで会社へ行く。

土曜に出勤したのは、あの人が来るかもしれないと思ったからだ。

避けられているような気がしていた。そんなはずはない、何も変わらない、と思うのに、内臓の絨毛《じゅうもう》がざわざわするような違和感があった。

フロアには誰もいなかった。あの人の姿もない。あの人——仲村さんはときどき、

休日出勤の帰りに、遥名の部屋に来てくれた。わざわざ土曜に出勤するのは、家族へのアリバイをつくるためもあるかもしれないけれど、第一に仕事が好きなのだ。誰もいない、電話も鳴らないオフィスで仕事をすると捗《はかど》って気持ちがいいんだよ、といっていた。仕事のできる上司というより、好きな本や映画について話す先輩みたいな口ぶりだった。

もしかして、と思ったのだ。遥名に連絡がなくても、会社には出ているのではないか。

エレベーターを降りて、オフィスの電気がついていないのを確認したとき、だからがっかりした。同時にほっとしてもいた。もしも出勤するのなら知らせてくれるはずだったのだから。この六年間、時間と場所を選んでひっそりと会うことしかできなかった。土曜の仕事の帰りに遥名の部屋に寄ってくれるのが、ほとんど唯一の希望だったのに。

静かなオフィスの自分の席にすわる。パソコンの電源を入れる。来てしまえば、仕事はある。入社して九年目、ずいぶん手際はよくなったと思うけれど、まとまった時間を取って一気に片づけたい仕事もある。土曜の午前中はそれにぴったりだった。仲村さんの影響がこんなところにも出ているのかもしれない。そう思うだけで、遥名の胸の中に晴れ間が見える。

仕事を始めようとして、いつまで経ってもパソコンが立ち上がらないことに気づいた。壊れたのかと焦ってから、そういえば土曜に電気設備の点検で停電になる時間帯があると通知があったのを思い出した。あれは、今日のことだったのか。オフィスは静まり返っている。休日出勤が遥名ひとりなのも、設備点検のせいかもしれなかった。

仲村さんが出社していないのは残念だけど、マンションの部屋にひとりでいるよりは精神衛生上よかった。何かがおかしい、どこかが変だ、と遥名の中で虫が鳴いていた。その声に耳を塞いでやり過ごすには外に出てしまったほうがいい。

正午過ぎまで自分の席で仕事をして、さて、お昼をどうしようかと思う。ファイルをしまい、机の上を整える。ちょうど席から立ち上がったとき、遠くでエレベーターの開く音がした。フロアに誰かが入ってきた。見なくてもわかる。あの人——仲村さんだった。

仲村さんは人がいるとは思わなかったみたいだ。入り口からは柱の陰になっている遥名の机のほうをふりむきもせず、自分の机に向かった。もしも遥名だったら、いないとわかってはいても、仲村さんの机を一度は見ずにいられないだろう。そして、いつもそこにいるはずの、いとおしい後ろ姿を思い浮かべるだろう。

仲村さんはふりむかずに、自分の席に着いた。そうして、机の引き出しを開けて、中から書類をまとめてどさりと取り出した。遥名は自分の席で立ったまま見ていた。どうやら仲村さんは机の整理を始めたようだ。わざわざ、土曜に出社してまでするようなこととも思えない。

遥名はそっと席を立って、歩いていった。机のそばまで近づくと、仲村さんは無防備な表情で顔を上げた。それから急いで笑顔になった。

「来てたんだね、ハル」

いつもと変わらないやさしい声だった。そんなはずはない。そんなはずはない、と遥名の中の虫が鳴いている。やさしいだけの声じゃない、何か隠してるんじゃないか、と鳴いている。遥名は虫を一喝する。少し黙っててちょうだい。

「仲村さんも仕事ですか」

探るような声になっていたかもしれない。仲村さんは、やっぱりいつものように笑って、それからふっと笑うのをやめた。その真顔を見た瞬間に、遥名の中の虫も真顔になった。

「異動になったんだ」

えっ、と小さく遥名は驚いた。なんだ、そんなことか。思わず笑い出しそうになる。

そういえば内示の出る時期だった。この二年ほど、意外な人事が何件か続いていたのを思い出す。経理部から営業部へ、生産管理部から地方の工場へ、というケースもあった。本人の意向は無視されるらしいと社内で噂になっていた。仲村さんほど有能な人にも予想外の人事が発令されるのだろうか。

仲村さんがそれ以上何もいわないので、遥名のほうから聞いた。

「本社内ですか」

仲村さんは首を横に振った。

ああ、それでいい出しにくかったのか。ふたりだけで会うことのできない日でも、会社に来れば顔を見ることはできる。それがどんなにうれしいか。心の支えになったか。

「でも」

遥名は空元気を出して笑顔をつくった。

「同じフロアにいないほうが、人に気づかれにくくなるでしょ」

土曜日だから、他に人がいないからいえる、親しげな言葉だった。普段の社内では、もちろん上司に対する敬語しか使わない。

「アメリカなんだ」

仲村さんはいった。それならますます人に気づかれる心配がなくなるね、といおうとしたが口が開かなかった。

「家族と行く。ごめん」

謝ることはない。単身赴任だといったら、ついていきかねないと思ったのだろうか。

「任期はどれくらいなんですか」

遥名の質問を、仲村さんは無視した。

「ごめん」

「どうして謝るんですか」

「わかれたい」

わかれたい、わかれたい、と遥名の中で虫が鳴いた。

「わかれたい？」

鸚鵡《おうむ》返しに口にしたら、その瞬間、遥名の目の前の世界がごうっと音を立てて崩れた。仲村さんに向かって崩れる穴に、吸い込まれるような感じ。でも、突き放されるような感じ。立っているだけで精いっぱいだった。

「だいじょうぶか」

仲村さんの声で我に返る。だいじょうぶかって、何。何をいっているの。だいじょうぶなわけないでしょう。だいじょうぶじゃないよ、ぜんぜんだいじょうぶじゃない。

「だいじょうぶ」

けれども遥名はそういった。だいじょうぶ、としかいったことがなかった。この六年間、仲村さんの時間が取れなくても、仲村さんに急な都合ができても、大事なときにそばにいられなくても、だいじょうぶ、だいじょうぶ、としかいわなかったのだ。他のいい方を忘れてしまった。

「え、なんていったの？」

仲村さんが怪訝そうな顔をして聞いている。だいじょうぶ、っていったんだよ。他に知らないからそういったんだよ。

「……ハル？」

「だから」

遥名は大きく息を吸い込んだ。

「身体に気をつけてね、っていったの」

仲村さんは安心したように微笑んだ。

「ありがとう」

「どうしてお礼をいうの」

遥名も微笑んだ。

「意味わかってる？　刺されないように気をつけてね、っていってるの。このままで済むと思う？　ふざけんといてね。そうだ、奥さんとお子さんにも気をつけてあげて。特に夜道に。アメリカに行く前に不慮の事故に遭ったりせんように」

ひと息にいうと、ぽかんとしている仲村さんの横をすり抜けてオフィスを出た。

「ハル！」

後ろで仲村さんの呼ぶ声が聞こえたが、無視して、ちょうど下りてくるところだったエレベーターに乗る。もっと気の利いたことをいいたかった。もっともっとあの人を打ちのめすようなひとことを。

仲村さんは追いかけてこなかった。そのかわり、携帯にメッセージが何件も入った。追いかけて、人に見られるのを怖れたのだと思う。やっぱり、効かなかった。「このままで済む」と思われたのだ。脅かすことさえできなかった。メッセージは聞かずに削除した。

部屋に帰ってから泣いた。

いつ打てばよかったんだろう。こうなる前に、仲村さんへの一打を。

スマッシュが決まる条件が五つあるとしたら、遥名の性分では五つ揃うまで打たないと思う。万全を期して、六つ、七つ、揃えてからじゃないと打てないかもしれない。怖い。そもそも決め球なんて持っていただろうか。八つ、九つ、守りを固めているつもりで、きっともう打てなくなってしまっていた。

そう思ってから遥名は大きく首を振った。スマッシュを打つ、という喩《たと》えが、急に陳腐に思えた。ああ、陳腐だ。何もかも陳腐だ。仲村さんも陳腐だし、自分なんか日本一陳腐だ。

ひとりの部屋のベッドに突っ伏す。うう、と声が出た。

スマッシュを打つなら、今、この後ろ頭にだ。誰か思いっきり至近距離からテニスボールでもゴルフボールでも強打してほしい。

突っ伏したまま遥名は泣いた。誰もいない。ボールをぶつけてくれる人すら、ここにはいない。

あの人が――仲村さんがいないことには慣れているつもりだった。それが致命傷だ。でも、絆創膏も、ヨードチンキも、包帯もない。話を聞いてくれる友達も、なぐさめたり、怒ったりしてくれる友達も、気晴らしにどこかへ連れ出してくれる友達も、いないのだった。私には友達がいないのだ、と遥名はつくづく思った。

仲村さんとつきあいはじめてからは、他のことを全部おろそかにしてしまった。仲村さん以外の全部だ。人づきあいも必要最小限しかしなかった。それでいいと思っていた。

仲村さんと会えるから会社に行っていた。いつか舞台に上るのだと意気込んでいた、仕事に燃えていた遥名はもういない。仲村さんのことばかり考えて過ごした。何時間でも仲村さんのことだけを考えていられた。何年も仲村さんのことだけを見て生きてきた。仲村さんと別れた今、ここにいるのは、ぬけがらだ。もう取り返しはつかない。ばかすぎる。自分がばかすぎて、笑える。人生はクローズアップで観れば悲劇だがロングショットで観れば喜劇だ、といったのは誰だったか。喜劇にするためには、この人生をここで終わらせてしまえばいいんだ。いきなりロングショットが手に入る。そう思いついたことに、ぞっとした。

ぐるんと身体を裏返す。ベッドに仰向けになって、天井を見る。

ツー、と涙がこぼれたと思ったら、鼻水も出た。

「早く喜劇にしちゃいたいよ」

声に出していってみたが、涙声なのがなさけなかった。

誰でもいいから、話がしたかった。失恋しちゃった、と話したかった。誰でもいいから。

誰でもいいと思っているのに、誰ひとりとして話し相手を思いつけないことに、遥名はめまいを感じた。失恋なんてめずらしいことじゃない。不倫だってよくある話だ。それなのに、どうしても自分の口から話せる気がしない。

そんなに重かったのか、とあらためて思う。不倫ではあっても、しあわせな恋のつもりだった。誰にも話せないこともよろこびの内のはずだった。

「重かったんだなあ」

そう確認したら少しは気持ちが軽くなるかと思ったのに、たぶんあの人はもっと重かったんだろうと思ってまた泣けた。そういえば、きっと遥名は不倫をするだろうと予言した男の子がいたっけ。矢がどこへ飛んでいくかは、弓から放たれた瞬間に決まってしまっている。そういっていた。そんなことはない、と思ったはずだった。これからいくらでも風は吹く、と。

「吹かなかったね、沖田くん」

軌道はあらかじめ決められている。そして風は遥名にはこれからも一生吹かないだろう。

朝、目が覚めると、身体が土管のように重かった。重いのにすかすかだ。夜の間じゅう嫌な夢ばかり見ていた。でも、朝方の夢に出てきたのが仲村さんじゃなかったことが救いだ。なぜか、美香里だった。昨日、カフェでスマッシュの話を思い出していたせいだろうか。夢の中の美香里は軽やかに笑っていた。

久しぶりに電話してみようか、と思った。美香里なら話を聞いてくれるんじゃないか。じょうずになぐさめてくれるんじゃないか。われながら調子がいいとは思う。この前会ったのは、半年くらい前だったか。もっと前か。ランチに行って、お茶を飲んで、いろいろ話したけれど、仲村さんのことは話せなかった。

美香里に頼りたくなっているのは、美香里と特別に仲がよかったからというわけではない。卒業して、就職して、すでに九年にもなろうとしているのに、その間に親しい友人ができなかったせいが大きい。頼る相手が不足しているのだ。友人が多いことが大事なバロメーターだった小学生の頃。中学、高校と進むに従って、量よりも質だと考えるようになって、じゃあ質なら誇れるのかといえばそれだって疑問だ。だいたい、友達の質ってなんだ。質を云々《うんぬん》するなんて傲慢ではないか。量で考えるほうがよっぽど健全だ。そうだ、質より量で考えればよかったのだ。そうすれば、案外、正しい道を歩けたのかもしれない。

さんざん迷ってから、美香里に電話をかけた。

「ちょうど遥名に連絡しようと思ってたとこ」

電話がつながるなり、美香里はいった。明るい声だった。そういえば、夢の中でも美香里は楽しそうだったのだ。

「結婚するんだ」

遥名の胸がぎゅっと縮んだ。自分でも予想していなかった身体の反応だった。結婚、したかったんだな、私。自分自身に驚きつつ、

「おめでとう」

ちゃんとうれしそうにいえたと思う。

「ありがとう。それで、どうしたの、何かあったんだよね」

「ううん、いい。声が聞きたくなっただけだから」

結婚が決まったしあわせな人の邪魔をしたくない。それ以上に、自分がみじめになりたくなかった。

「遥名が日曜の朝に電話してくるなんて、何かあったっぽい気配むんむんだけど」

「ううん、なんでもないのよ。ちょっと聞いてみたかったの。美香里は今も速攻の人だよね？」

「え？　何それ」

電話の向こうから屈託のない質問が返ってくる。

「スマッシュをどのタイミングで打つかってこと」

聞きながら、もう遅い、と思っている。もう終わったことだ。ラケットから放たれたボールは、もうあの人に届くことはない。

「遥名、何があったの」

聞かれて、観念した。嘘だ、観念したふりだ。ほんとうはずっと話したかった。聞いてほしかったのだ。

「今日、会わない？」

美香里がいうのと同時に、

「うん！」

子供みたいな声が出た。

泣きすぎて目が腫《は》れているけど、この部屋にひとりでいるよりよほどいい。吹かなかった風や打てなかったスマッシュについてじくじく考えているよりも、美香里の放ったきれいなスマッシュの話を聞くほうがずっと楽しいだろうと思う。

第5話

2011年　3月

揺れた。どんっと突き上げるような揺れの後、激しい横揺れが来て、立っていられない。避難するどころか、頭を守ることもできず、ただ机にしがみついているだけで精いっぱいだった。

地震だ、と誰かが小さく叫ぶ声がする。地震だということはすでにわかっていたはずなのに、そう断言してもらえるとほっとした。もしかしたら、これでおしまいかもしれない。そう思っても不思議と怖くなかった。

ずいぶん長く続いた気がした。揺れがようやく治まって、もうだいじょうぶなのかと身体を起こそうとするとまた揺れた。それが、何度も続いた。

「だいじょうぶ？」

「だいじょうぶです」

隣の席の子に声をかける。入社二年目の笠原《かさはら》さんは、泣きそうな顔をして笑った。

いつからだろう。あきらめやすい体質になった。情熱も気合もなければ、根性も執着心もない。遥名は三十二歳だ。年齢のせいだけでもないだろう。もともとこんな性格だったかと思えば、そうでもなかったような気もする。これまでの人生のどこに曲がり角があったのか、もしくは落とし穴と呼ばれるものがあったのか。そう考えれば、納得はいく。曲がり角があれば曲がったし、落とし穴があれば落ちた。しかたのないことだ。何ひとつ計算通りにはいかなかった。

「あっ」

また揺れた。笠原さんが遥名に手を伸ばす。机の下で、ふたりで手をつないでしのいだ。

はじめから計算などしてこなかったのだと思う。三十二歳のときにどこで何をしているか、せめて、どこで何をしていたいかくらい、計算しておけばよかったのかもしれない。遥名には何もない。ここでこれをして、あそこであれをして、きちんと通るべきチェックポイントをくぐり抜けてしまったために、何も得ることができなかったような気がしている。

電気は消え、机の上も床も落ちてきたものや書類で散乱していた。東北が震源地らしいことは携帯のニュースサイトで知った。電車も止まっているらしい。それはそうだろう。むしろ動いているほうが怖い。被害の状況は伝わってこなかったけれど、あの揺れのときに電車に乗っていたら、きっと大変なことになっていたに違いない。

心配しているだろう実家の父母に連絡を入れたかったが、電話がつながらないので、メールにする。無事だと伝えられればとりあえずそれでいい。あとはまた落ち着いてからにしよう。職場のあちこちで、なんとか連絡をつけようと携帯を持って必死の形相をしている人たちがいる。大変だろうな、と他人事のように思う。自分にはそんなに必死に安否を気遣う相手がいなくて、ほんとうにラッキーだった。自分のことだけを心配していればいいというのはなんと気が楽なことか。せいせいしていて、心にぴゅうっと風が抜けるようでもあった。

ようやく揺れは治まったものの、仕事を続けられる状況ではなくなっていた。よほどの予定のある人以外は解散となった。とはいえ、電車が止まった今、タクシーがつかまるわけはないし、どうやら歩いて帰るしかなさそうだ。

「夜中になるかもしれないですね」

笠原さんが眉《まゆ》をひそめたが、その実、高揚しているふうでもある。

「がんばって歩きましょうね」

まるで遠足に行くみたいな張り切り具合だと思った。家は浅草のあたりだそうだから、それほど遠くもないだろう。でも、会社から歩いたらどれくらいかかるのか見当もつかない。関東大震災のときは、あのあたりがよく燃えていたという話を聞いたことがある。今回も、火事になっていない保証はなかった。

「これ、よかったらどうぞ」

差し出されたのは、個包装のクッキーだった。

「おやつ袋に残ってたんです。お腹が空いたときのために、一袋、どうぞ」

「ありがとう。もらってだいじょうぶなの？」

確認すると、笠原さんはにこにこ笑って、巾着袋《きんちゃくぶくろ》を開いて見せてくれた。

「前に買って、おいしかったんで一気に食べちゃって、残りが三袋だったんです。一袋しかあげられなくて申し訳ないですけど」

巾着袋の中には、ほんとうに二袋が入っているだけだ。胸がぐっと詰まった。笠原さんとは十歳違う。明るくて、元気で、仕事も楽しそうにするし、会社以外でも楽しいことをたくさん持っていそうな、今の遥名とはずいぶん遠い子だった。たった三袋のうちの一袋をくれるような間柄だとは思っていなかった。

「どうもありがとう」

迂闊《うかつ》にも、声に涙が滲みそうになるのをこらえて、もう一度お礼をいった。

「あ、よかったらだけど」

引き出しの簡単な非常袋に入れていた使い捨てカイロを取り出して渡す。

「これ持っていって。尾てい骨のいちばん上のところに貼っておくとだいぶ違うのよ」

「尾てい骨」

カイロを受け取ると、笠原さんはくすくす笑った。

「尾てい骨って単語、ものすごく久しぶりに聞いた気がします」

それから、ぴょこんとお辞儀をして、

「ありがとうございます」

「とりあえずお互い無事に家に帰り着くことを当座の目標としましょう」

「それからのことはそれから考えましょう」

お互いに妙に明るく励まし合った。

笠原さんと会社の前で手を振って別れ、さて、と思う。

歩くって、本気？　どれくらいの距離がある？
二、三歩、歩き出して、立ち止まる。
パンプスで？

何時間かかる？

会社の前の道は、歩く人でいっぱいだ。みんな、えらい。そこまでして帰って何かいことがあるだろうかと自分に問いかけそうになる。だめだ。まいっているみたいだ。地面が激しく揺れたことに対してか、どうやら東北が大変なことになっているらしいことに対してか、遥名は自分がよほどショックを受けているようだと気づく。

　立ち止まっている遥名の肩に、後ろから来た人がぶつかっていく。すみません、といったけれど、その人はふりむきもせずに行ってしまった。歩道をビル側へ寄って、人の流れを避ける。とてもこの中に入って歩き通せる気がしない。子供を迎えにいくとか、家族が心配だとか、居ても立ってもいられぬ思いで家路を急ぐ人たち。妬《ねた》ましいような気持ちになる。遥名にはそこまでの思いがない。帰る理由のある人たちに交じって歩いていくのは無理だと思った。

　後ろから、また肩を押された気がした。避けているつもりだったのに、邪魔になっていただろうか。すみません、とふりかえると、若い男の人が立っていた。

「遥名さん」

　その人は困ったような顔で名前を呼んだ。

　遥名は驚いてその顔を見るが、見覚えはない。背が高くて細身の、やさしげな顔つきの人だった。髪は短い。黄緑色の長袖《ながそで》の作業着を着て、リュックを背負い、自転車を押している。歳はたぶん二十代の後半、自分より五歳くらい下だろうと遥名は読んだ。

「なんでしょう」

待っていても何もいわないので遥名は聞き返した。

「遥名さん」

彼はもう一度名前を呼んだ。とてもまじめな顔をしていた。

「なんでしょう」

「よかったら、送ります」

え、と遥名は口を薄く開けた。

「後ろに乗ってください」

遥名は彼の顔をもう一度よく見た。会社の人ではない。会社の人ならこんな作業着ではないはずだ。でも、会社でないなら、どこで会った人だろう。考えても、思い出せなかった。

「あのう、すみません。どちらでお目にかかりましたか」

思い切って聞くと、青年はまっすぐ遥名の顔を見て答えた。

「僕は、あのビルの電気工事を請け負った会社の技師です」

「はあ」

その技師とどんな接点があっただろうかと遥名は考える。

「無事でよかったです」

「はあ」

「暗くなる前に、帰ったほうがいいです」

遥名は青年の自転車をちらりと見た。

「でも、どこかへ行く途中だったんじゃないですか」

その途中で、途方に暮れている遥名を見かけ、不憫《ふびん》に思ってわざわざ声をかけてくれたのだろう。

「いえ」

青年は首を振った。

「遥名さんを迎えに来ました」

「ちょう」

思わず口をついて出た言葉に遥名は笑いそうになる。ちょっと、を意味する地元の方言だった。ちょっと、何いってるのよ？

青年の口調はいたってまじめで、恰好《かっこう》をつけているようにも、ふざけているようにも聞こえなかった。ちょう、と笑うしかないではないか。

「ほんとは？　会社にその電気の仕事で来たの？」

軽い調子で、笑顔で聞いた。青年はまた困ったように一度うつむいて、それから顔を上げると、遥名をまっすぐに見た。

「地震があって、心配だったんです。お元気そうでほっとしました」

お元気だ。少なくとも、身体は元気だった。あんなに大きな地震が来たのに、何事もなく、これから帰ろうとしている。でも、どうしてこの名前も知らない青年が心配するのだろうか。

「私のこと、知ってるんですか？」

青年は遥名をじっと見て、

「顔と名前しか知りません」

「じゃあどうして迎えに来てくれたの」

私より困っている人がいるだろう。私より早く家に帰り着きたい人、待っていてくれる誰かがいる人。とにかく、自転車で迎えにいってあげるべきは私ではないと遥名は思った。

「遥名さんが心配だったんです」

青年は辛抱強くさっきと同じことを繰り返した。

だから、どうして私を。質問がうまく伝わっていないのを感じた。あたりはだんだん薄暗くなりはじめている。

「私だったら――」

いいかけて、やめる。私だったら、心配だったなんていわない。偶然通りかかったことにする。たまたま見かけたので声をかけてみたことにする。そのほうが応じるほうも気が楽だ。

「遥名さんだったら、いろんな人の面倒を見て、自分のことは後まわしにしそうだと思いました」

青年がいった。ちょう、といおうとしたのに、声が出なかった。この人は私のことをほんとうにぜんぜん知らないのだ。

「近くまでお送りします。乗ってください」

青年は耳まで赤くして、遥名にいった。

この人は何も知らない。

遥名が長く社内恋愛をしていたことを、同僚たちの多くは知っている。妻子ある相手は、交際中こそとても慎重に周囲につきあいを隠そうとしたくせに、別れることが決まってからは急に里心がついたかのように遥名につきまといはじめたのだ。遥名には理解できなかった。その様子をときに垣間見《かいまみ》ることになった周囲の人間には、遥名が男を振ったように見えただろう。実際には、遥名はそれまでにずいぶん無下にされたのだ。結局、遥名が男を振り捨てたとき、遥名は遥名自身をも振り捨てたような気持ちになった。

目の前のこの人は、そういう一切合財を知らない。遥名が自分のことを後まわしにして周囲の面倒を見そうだというのは、ただのイメージだ。ほんとうにやりたいことがあったり、欲しいものがあったりすれば、自分を後まわしにはしないだろう。

「ありがとうございます」

遥名はお礼をいった。この人は何も知らない。遥名もこの人を知らない。それが決め手だった。今は助けてもらえるのがありがたい。自転車の荷台に腰を下ろした。

「つかまっていてください」

細く見えたが、つかまってみるとしっかりした身体だ。

ひとり暮らしをしている町の名前を告げると、青年はペダルを踏み込んだ。迷いのなさが心強かった。でも、ふと、もしかしたら教える前から遥名がどこに住んでいるのか知っていたのかもしれない、と思った。こうして助けに来てくれるくらいだもの、それくらいは調べてあったとしてもおかしくない。

「寒くありませんか」

寒い、と思った。でも、みんな同じだ。誰だって今日は寒いだろう。答えないでいると、

「もしかして、漕《こ》いでいたほうが暖かいかもしれないです。すみません、気づかなくて」

「いえ、いいです、ここで」

答えながら笑っていた。この人、何をいっているんだろう。スーツにパンプスでふたり乗りの自転車を漕ぐなんて至難の業《わざ》だ。

坂道は、自転車を降りて上った。青年は、降りなくてもだいじょうぶだといったけれど、そういうわけにもいかない。並んで歩くほうが話もしやすかった。

「突然来て、すみませんでした」

横に並んで歩きながら、青年は謝った。

「職場でひどく揺れて、気がついたら後先考えずに遥名さんのところへ走っていました」

それは、取りようによっては情熱的な告白だった。でも、現実に起こったことが大きすぎて、あまりほんとうらしくない。後先考えずに走っていける相手がいてよかっ

たですね、といいそうになる。とても自分にもかかわる話だという気がしない。青年の行動は、自然で素直な人間らしい行為のようでうらやましかった。

遥名は青年の名前を聞いた。

「柏木温之です」

彼はいった。心なしか胸を張っているように見えた。ハルユキ。どこかで聞いたことのある名前だと思った。どこでだっけ。いつだったっけ。思い出せそうな気がするのに、思い出す必要がない気もしている。思い出すのではなく、今が大事なのだ。目の前の彼を、今、見ろ。今、話せ。遥名の中で遥名が指令を出す。

「どうして私のことを知っているの」

「電気の配線の点検に来たときに、見かけました」

「いつ」

「二年くらい前……かな」

二年前に見かけただけ、なのだろうか。

「しるしがついていたので、すぐにわかりました」

「何のしるし？」

聞くと、青年はちょっと考えるみたいに黙ってから、

「遥名さんのしるし。この人だっていうしるしです」

「はあ」

わからない。初々《ういうい》しいような青年の横顔を遥名は横目で見る。この人の二年前といったら、いったいいくつだったんだろう。

「柏木さんは何歳？」

聞くと、青年は律義に遥名のほうを向いて答えた。

「二十六歳です。ハルでいいです。ハルって呼ばれてます」

ハルでいい、といわれても、普通は苗字で呼ぶほうが自然だろう。まだ知り合って一時間も経っていないのだ。

遥名も青年のほうを向いた。

「私もハルって呼ばれることがあるのよ」

もしかしたらこの人は私がハルと呼ばれることがあることも知っていたのかもしれない、と思った。

「ハルって名前、どう思う？」

遥名は聞いてみた。ハルは少し考えて、

「子供の頃は、何も思いませんでした。でも、遥名さんと出会ってから、いい名前だったんだと初めて気がつきました」

淡々と語る背の高い青年ハルの顔を、遥名は見る。出会ったといえるのか、と聞いたら意地が悪いだろうか。でも、遥名には、自分がこの人と出会った感じがしない。ずっと前から知っていた人のような錯覚を覚える。

坂を上り、坂を下り、ふたたび遥名は自転車の荷台に乗った。長くかかったような気がしたけれど、実際には一時間半くらいだった。遥名の住むマンションの前で、ハルは自転車を止めた。

「どうもありがとうございました」

引っ越してよかった。以前はわざと会社から離れた町に住んでいた。

「よかったら、お茶だけでも飲んでいきませんか」

今ここでこの人を寒空の下に放り出すわけにはいかない。少し部屋が散らかっているのを思い出したけれど、それはいいと思った。この人になら気取らずに見せてもいい、見せたほうがいい、と思った。

ハルは不思議そうな顔をした。自転車のハンドルを手で握ったまま、遥名の顔をきょとんと見ていた。

「お茶、飲みませんか」

もう一度遥名がいうと、ようやくハルは顔をほころばせた。僕が遥名さんの家でお茶を飲むことができるなんて」

「ああ、いただきます。なんだか意味がわからなかった。僕が遥名さんの家でお茶を飲むことができるなんて」

特別だから、と遥名は口に出さずに思う。今日は特別だ。地震のせいでひどく疲れ、神経は昂《たかぶ》っている。たぶん、日本中の誰もがそうだろう。今日出会ったことは、さまざまな意味で特別な気がした。――言い訳をしているのだろうか。自分でもよくわからない。少し混乱している。混乱している、というのも言い訳かもしれない。

白いマンションのオートロックのドアを開けながら、遥名は小さくつぶやいた。

「はんそく」

弱っているときに駆けつけてくれるなんて、反則だ。

履き古したスニーカーをおずおずと玄関で脱ぎ、ハルが緊張した面持《おもも》ちで遥名の部屋へ上がる。部屋はそれほど荒れた形跡はなかった。本棚から数冊、本が落ちて床に散らばっているくらいだ。遥名はキッチンに立って、紅茶を淹れた。おいしく入れ、と念じる。ハルをがっかりさせたくなかった。紅茶くらい、おいしく淹れられなくてどうする。

壁を背に立ったままのハルに、椅子にすわるよう促して、テーブルに紅茶を置く。

カップの中の紅《あか》い液体から白い湯気がくるくると立った。

ハルはそれをひとくち飲んで、おいしい、と笑顔になった。

「紅茶を飲んでほんとうにおいしいと思ったのは初めてです」

そういってうれしそうに笑う。この人は、初めて、といいすぎだ。いつかのことを思い出す。これは初めて、あれも初めてだとどきどきしながら過ごした、遠いいつか。遥名にもあった。

「こういうときにそばにいてくれるのは、ちょっとずるいね」

遥名がいうと、ハルはまじめな顔になった。

「ずるいでしょうか」

見据えられて、目を逸らせない。ずるくない。この人がずるいわけがないと思った。

「僕には遥名さんがいちばん大事だから、遥名さんのところに来ました。迷惑だったら、断ってください。それは遥名さんの自由です」

そうか。そういわれてみればそうか。ずるいの前にもっといろんな感情があった。まず、うれしい。迎えに来て、そばにいてくれることがうれしかった。もしも、歩いてへとへとに疲れて帰ってきて、誰もいない部屋にひとりでいたら、どうにかなりそうなくらい心細かっただろう。ありがたい、という気持ちが重なって、好意を持て余したところから、ずるいが発生する。

うれしいもありがたいも飛ばして、ずるい、と考えてしまうくらいに私は荒《すさ》んでいたのだと遥名は思い知る。自分の中に通っていたはずの芯がいつのまにか歪んでしまっていた。

ハルは悪びれもせず、自分には遥名が大事なのだという。遥名のところへ来たのは自分のためだということだ。遥名のために来たとは露ほども思っていないらしいところが新鮮だった。

「ごめんなさい。ずるくないです」

遥名が謝ると、ハルは、ほっとしたように表情を緩めた。

「できればずるいことはしたくないです」

それは私もそうだ。ずるいことはしたくない。

けど、とハルは続けた。

「遥名さんのことを考えていると、僕はどんなずるいことでもしそうで怖いです」

「たとえば？」

遥名は紅茶のカップをソーサーに戻す。

「たとえばどんなずるいことを？」

聞きながら、懐かしく思い出す。ずるくてもなんでも、どんな手を使ってでも、手に入れたいと思うものはあった。だから、ハルの言葉が耳に刺さる。今となっては、何をそんなに欲しがっていたのかよく思い出せないのだけれど。

「気にしないで。ずるいことなんか口に出さないほうがいい」

遥名がいい、ハルは生《き》まじめな顔で紅茶を飲んだ。

そうして、お茶を一杯だけ飲むと、ハルは立ち上がった。

「じゃあ、僕はこれで」

「帰るの？　あなたの家はどこ？」

遥名が聞くと、ハルは首を振った。

「まだたくさんの人が歩いているでしょうから。困っていそうな人を運ぶ手伝いをしようと思います」

「運ぶって、自転車で？」

うまくいくだろうか。かえって混乱を招くのではないか。あやしい人と間違われるかもしれないし、危害を加えられることだってあるかもしれない。

「危ないんじゃないかな」

つまらないことをいうな、と自分でなさけない。健康な自分でも、あのまま何時間も歩くのは大変だっただろう。自転車の後ろに乗せてもらえて助かった。それなのに、安全なところにいる今、この人の親切にいきなり横槍を入れようとしている。

ハルは正面から遥名の目を見て、にっこりと微笑んだ。

「だいじょうぶです。役に立てなかったら帰ってきます」

帰ってきます？

遥名が戸惑っている間にハルは黒いバックパックを取って、それを背負おうとした。

「待って、じゃあ、せめて何か食べるものを持っていって」

あわてて遥名がいうと、

「持ってます」

ハルがうなずいた。

「えっと、じゃあ、カイロ」

「持ってます」

「じゃ、そうだ、地図は？　地図を持ってると役に立つんじゃない？」

ハルはちょっと笑って、背負いかけのバックパックを戻し、中から一冊の地図を取り出して見せた。都内の道路地図だった。何に使ったのかと思うほどよく使い込まれてぼろぼろになっている。

「僕は地図を読むのが好きなんです。いろんな道を地図の上で歩きました。実際に、自転車でもずいぶん走ってみました。歩き疲れた人を乗せて運んであげることはできると思います」

「わかった。それじゃ、気をつけて」

遥名は観念してハルを送り出す。そうだ、観念という感覚に近い。あきらめやすい体質になっていた遥名にはおなじみの感情だ、と思った瞬間、強い感情が喉元からせり上がった。

「無理をしないで、自分の身体を大事にして」

ひと息にいった。少し声が上ずった。いったい何をいっているのだろう。何時間か前までは知らなかった青年を相手に、母親みたいな口調で諭している。遥名は焦った。無理をせず、自分の身体を大事にして「帰ってきてほしい」と願っている自分が不可解だった。

非常事態だからか。そばにいてくれる人なら、ハルでなくても、誰でもよかったのではないか。そうかもしれない。ハルでなくてはならない理由はない。ハルにとっても、遥名でなくてはならない理由などないのだ。ただ、それでもハルがよかった。ハルに帰ってきてほしいと思った。

遥名はそれをいえなかった。ほんとうにどうもありがとう、と感謝の言葉を口にしただけだった。作業着姿のハルははにかんだように小さく笑い、いってきます、と出ていってしまった。

ドアが閉まった途端に、遥名の全身から力が抜けた。急いでリビングへ行って窓から外を見る。そこから、マンションの入り口が見えるのだった。街灯に照らされた道を、自転車に乗ったハルが出ていき、あっという間に見えなくなった。

ハルがいなくなった道を、遥名は見ている。夜の中にぼうっと浮かんでくる、しるし。ああ、これのことだったのか、と思う。きっと、この道を帰ってきてくれるだろうと思える気持ち。連絡先も聞かなかったのに、また会えると信じる気持ち。ハルにもしるしがついているからだ。だからわかる。ハルはこの道を帰ってくる。

いちばんいいときに浮かんでくるしるし。しるしというのは、希望と似ている。今じゃなかったら気づかなかった。一年前でも、五年前でも、わからなかった。すれ違ってもお互いに気づかなかっただろう。

放たれた矢が、的に近づく。やっと、やっとだ。

風は吹いた。まっすぐに飛んだ矢がふわりと舞い上がる。ただ飛ぶだけではなかったのだ。自分で軌道を修正できる。計算はできなくても、しるしが見える。ハルは、いってきます、と出ていった。だからきっとこの道を帰ってくる。

何度も来る余震の中、たしかに春の匂いをかいだ。遥名は窓を閉め、部屋に散らばった本を片づけはじめた。

第6話

大きな鏡の中の、ケープを肩に掛けた自分に向かって、片目を瞑《つぶ》ってみる。ぱちっ。前髪がさらっと揺れて、なんだかいい感じ。今度は反対の目、と思ってやってみたけど、左目はうまく瞑れない。右目までつられて瞑りそうになってしまう。

前髪を上げて後ろでひとつに結んでいたのを、今日、切った。肩までに切り揃えられた髪と、生まれて初めてつくる前髪。まるで別人みたい。右目を瞑って、少し口角を上げて。うん、いい。

くすっと小さく笑うような声がして、はっとした。カットしてくれた美容師のお姉さんが鏡の奥で笑いを嚙み殺したような顔をしていた。頰が熱くなる。目を伏せる。失敗した。お姉さんが持ち場を離れた隙だったのに、見られていたとは。

あたしのミスだけど、ひどいと思う。小学生だと思ってなめてるんだ。他の大人のお客さんが同じことをしても笑ったりしないだろう。

「ありがとうございましたぁ」

見送られて、会釈する。せっかくいい感じにカットしてもらったけど、この店にはもう二度と来ない。心の中で固く決意する。お姉さんは失礼だし、思ったより時間もかかったし。

店を出て、急いで家に帰ったら、健太くんの大きな靴がもう玄関にあった。

「ただいまぁ」

わざとなにげない感じの、普通の挨拶をして家に入る。健太くん。ときどき遊びに来る、お父さんの幼なじみだ。お父さんと同じ歳なのにぜんぜんおじさんに見えない。若くて、かっこよくて、あんな人がお父さんだったらみんなに自慢できると思う。

リビングに入って、驚いた。ソファにすわっているのは健太くんだけじゃなかった。隣に見たことのない女の人がいた。

「おかえり」

健太くんがソファから立ち上がる。

「あれっ、しーちゃん、ちょっと見ない間に大きくなったなあ」

そういって、カットしたばかりのあたしの頭をぽんぽんと叩く。前は両手でほっぺたを挟んでむにむにっとしたのに、今日は頭だけだった。

「はじめまして」

明るい声がして、そちらを見ると、さっきの女の人がソファにすわったままお辞儀をしている。

健太くんが、ああ、と女の人のほうを見た。

「こちら、三田村綾乃《みたむらあやの》さん」

紹介はそれだけで終わってしまった。嫌な予感がした。お父さんが付け足した。

「今度、健太と結婚する人だよ」

「そうなんだ」

きれいな人だった。やさしそうな感じもする。よかった、と思う。だけど、おめでとうをいいそびれてしまった。

「よかったわねえ」

キッチンからお母さんがお盆にお茶とお菓子を載せて運んできた。なんだかうれしそうだ。

「こんなすてきなお嬢さんと結婚したら、毎日楽しくなるわね」

そんな、といって健太くんも女の人も笑った。お父さんもお母さんも笑った。あたしだけ笑えなかった。

「ハルが結婚したときはほんとに驚いたけど」

その台詞は健太くんの口からこれまでにもう何度も聞いた。お父さんの結婚に、よっぽど驚いたんだろう。

「あれから十年も経つんだな」

そうして健太くんは続けた。

「うちにも、しーちゃんみたいな子が生まれたらいいな」

そのひとことで、あたしはほんとうにびっくりしてしまった。あたしみたいな子供？　健太くんにあたしみたいな子供？　それはぜんぜん想像のつかない設定だった。

「そうだ、しるし、健太くんに聞きたいことあったんでしょ。今のうちに聞いておいたほうがいいかも。このあと、お酒になるから」

「なになに、俺に聞きたいことって」

健太くんがいたずらっ子みたいな顔であたしを見て、あたしは本気で健太くんに聞きたいことがあった気がした。すごく大事なことなのに聞きそびれてきたような、今聞かなかったら質問さえも忘れてしまうようなこと。でも、それが何なのか、思い出せる気がしない。

「この子、十歳でしょう。二分の一成人式っていうのを学校でやるんですって。そのときのために、自分の生い立ちについていろんな人に話を聞いてまとめるらしいの」

お母さんが説明してくれた。ほんとうに聞きたかったことからは速足で遠ざかっていく感じがした。

「両親が子供だった頃の話だとか、遡《さかのぼ》って調べてるのよ。うちの実家にも電話して長々と聞いてた」

「へえ、じゃあ俺はハルの若い頃の話をすればいいんだね。そりゃいい」

健太くんがおもしろそうに身を乗り出した。

「ハルの話ならいくらでもあるよ」

そうだ、健太くんは話をするのが上手だ。うちのお父さんは無口でほとんどしゃべらないから、ふたりの仲がいいのがますます不思議だ。

「でもその前に、ハルのお父さんには聞いたの？」

あたしはうなずいた。

「こないだ聞きにいってきた」

ひとりで電車を乗り継いで行けたのだ。自慢したかったけど、健太くんの隣で女の人がにこにこしているからやめておいた。

「あ、もしかして、それって二週間くらい前の日曜日？」

「うん」

「そうかあ。俺、こないだ駅前のケーキ屋でハルのお父さんがケーキ買ってるの見た

んだ。ひとり暮らしでいかにも堅物って感じだろ、すげえ似合わねえって思ったけど、
そうかあ、あれはしーちゃんのために用意してたんだな」
健太くんは今もお父さんの実家の近所に暮らしているのだ。
「どうしてハルは行かなかったんだよ。顔出してやれよ、たまには」
お父さんは少し首を傾げるふうにして、
「いや、来るなって、しるしが」
だって、あたしひとりのほうが、断然おじいちゃんの話を聞きやすい。おじいちゃ
んはお父さんが一緒だとおもしろい話をしてくれない。
あははは、と健太くんは声を上げて笑った。
「まったく、相変わらずハルよりしーちゃんのほうがよっぽどしっかりしてるよ」
えへん。あたしは胸を張る。お父さんはなんというか、不器用の塊みたいな人なの
だ。不器用の塊、という表現は、おじいちゃんの話に出てきた。お父さんは幼稚園に
もう来ないでくださいといわれるくらいの不器用の塊だったそうだ。あたしやお母さ
んが面倒を見なかったら、どんなことになってしまうんだろう。
「印象に残ってるエピソードを何かひとつ話してやってくれる？　ほんとうは、今日
は綾乃さんとの話を聞かせてもらう日なんだけど」

それからお母さんは綾乃さんのほうを向いて、ごめんなさいね、といった。

「いいえ、私も聞きたいです、健ちゃんが、ハル、ハル、っていつも誇らしげにいうハルさんの話」

健ちゃんだって！　けっ！

あたしが目を逸らしたにもかかわらず、綾乃さんはヨユウな感じで笑っている。

「そうだなあ」

健太くんはソファに前屈みにすわって、膝の前で両手を組んだ。

「じゃあ、ハルに頼まれごとをした話」

そういうと、テーブルの上の湯呑みを取って中のお茶をぐっと飲み干した。

「いいかな。ハルは、小さい頃から、俺が知る限り、誰かに頼みごとをしたことは一度もない。だから、あのとき俺が頼まれたのは特別だし、俺に頼んでくれてほんとうによかったと今でも思ってる」

頼みごと。そういえば、お父さんはしない。そもそもお父さんには強い願望みたいなものがないような気がする。

「十年と少し前の話だよ」

「十年と少し？　じゃあ、あたしが生まれる少し前ってこと？」

「そうだね、しーちゃんが生まれる前の話だ。その頃、大きな震災があった」

健太くんは話しはじめた。

知ってると思うけど、あの震災は酷《ひど》かった。この辺も揺れて大変だったけど、震源の東北はその比じゃない。直後から交通が遮断されて、連絡が途絶えて、情報が錯綜して。何百人も暮らしてたはずの集落が音信不通で、津波でまるごと壊滅か、って翌朝の新聞で見たときは、身体が震えたよ。そんなことがあってたまるか、って思いながらただ震えてたんだ。

その日、ハルが来た。車出してくれって。何をするのかと思ったら、車にありったけの食糧積んで、無理やり自転車まで積んで、これで茨城へ行くって。え、なんで茨城？　無茶だって思ったよ。ガソリンが不足してるって噂が出はじめてた。まだ交通規制はなかった。でも、俺たちが行って何ができる。役に立たないどころか、迷惑になるかもしれない。下手したら、死ぬかもしれないんだ。余震も続いてた。俺は怖かった。止めたいと思った。けど、ハルが、譲らなかった。茨城の海には恩があるんだって。この寒さの中、水も電気もガスも止まって、住むところも食べるものもなくなった人がたくさん困ってるんだって。赤ん坊も老人も病気の人もいるだろうって。でも国や自治体が動いてるよ、って俺はいった。全部に手が回ると思うか、茨城は取り残されてる、ってハルはいった。連絡役くらいはできる。食べものでも水でも薬でもガソリンでも運べる。力仕事も手伝える。車は入れなくても自転車がある、歩くこともできる、だから行こうって。

——ああ、そうだった、って思った。ハルは頑固なんだ。初めて会った六歳の頃から筋金入りの頑固だったよ。無茶だとは思った。でも、止められなかった。そうだ、ハルには特技があるんだ。地図が読める。俺が車を運転している間、ハルは助手席でずっと地図を読んでた。地図を読んで、地形を見て、交通網が寸断されている集落を探しあてる。車で行けるところまで行って、あとは自転車。体力もあった。普段から自転車で山でも海でも走ってたし、高校辞めて日雇いの力仕事をやってたことがあって、重い荷物を運ぶコツを知ってるんだな。

現地に着いたら、地図を頭に叩き込んで、でっかい荷物背負って自転車で入っていった。俺は車で待つ役。ガタガタになった場所で、ただ震えて車で待つ役だ。何の役にも立たない。けど、ハルは役に立つ。少なくとも、孤立集落をふたつ見つけて、最低限の物資を届けることはできた。やっと動きはじめた自治体と連絡をつけることもできた。ハルはすごい。

お父さんが顔を上げて、

「違うよ」

といった。

「そんなことはない。僕はすごくない。ひとりじゃ何もできない」

ああ、不器用の塊だな、とあたしは思う。ひとりじゃ何もできない、じゃなくて、健太くんのおかげで力を出せたとか、そういうふうにいえばいいのに。

でも、健太くんは下を向いて笑った。

「不意に思い出したんだ。昔、ハルは蟻の行列ばっか見ててさ」

ふと見ると、お母さんが床にぺたりとすわって、健太くんが話すのを熱心に聞いている。

「働かない蟻は何のためにいるんだろうって話になって」

お父さんはちょっと首を捻っているみたいだ。

「いざというときのためにいるんじゃないか、ってことになった」

「そうだっけ」

お父さんはまだ首を傾げていたけれど、あ、と背筋を伸ばした。

「そうか。それでか」

「思い出したか。俺たちが一年生だった頃だ」

お母さんがふたりの顔を交互に見ている。

「それで僕は動くことができたんだな。あのとき、健太がいったから。いつも行列からはみ出すやつは、いざというときのための人間なんだ、っていってくれたから」

蟻の行列ばっかり見ていた頃に、ふたりでそんな話をして、それが後につながるなんてこと、ほんとうにあるんだ。ちょっと興奮した。

「ねえ、小学校一年生でもうそんな話をしてたんだね。ふたりはけっこうすごいね」

「ん」

お父さんと健太くんが揃ってこちらを見た。

「中学だよ。中学一年生」

「げっ、中学生」

なんで中一にもなって蟻の行列見てるのよ。わけわかんない。

お母さんも、綾乃さんも、にこにこしてる。いいなあ、って何度もいってる。

「でも、おかげでずいぶん心配したのよ」

お母さんが笑いながらいった。

「だって、私が初めてハルと会ったのは、震災の当日だったんだもの。私のこと、職場まで迎えに来てくれて、家まで送ってくれて、それでそれっきり。まさか翌日から被災地へ行っているとは思わないし、何かあったんじゃないかって」

「会社もよく許したよなあ」

健太くんもいった。

「俺は有給使いまくったけど、ハルんとこの社長さんは、好きなだけ休んで働いてこいって送り出してくれたんだよな」

「ねえ、この話」

あたしはいった。

「どう『生い立ちの記』に結びつければいいの」

一瞬、場がしいんとなったけど、お父さんがめずらしく自信たっぷりにいい放った。

「だいじょうぶ。何を書いたって全部しるしにつながるんだ。お母さんの話も、お父さんの話も、好きなことを好きなように書けばいいんだよ」

お父さんのくせに、よくいう。そう思ったのに、なんだか納得してしまった。あたしは、あたし。お母さんはお母さんで、お父さんはお父さん。だけど、ちょっとずつつながっていて、ちょっとずつ離れている。きっと、健太くんとお父さんもちょっとつながっていて、ちょっと離れていて。世田谷のおじいちゃんも、金沢のおじいちゃんおばあちゃんとも、ちょっとずつ。いいところも、悪いところも、きっとちょっとずつつながってるんだ。

夜に、作文をまとめてみたけど、うまくいかない。書いたり消したりして、時間ばかりかかった。お酒に弱いお父さんは、健太くんと綾乃さんが帰った後すぐにソファでぐうぐう鼾《いびき》をかきはじめていた。

「どうしてお父さんと結婚しようと思ったんですか」

インタビューするみたいに、キッチンにいるお母さんにマイクを差し出す真似をする。

「うーん、そうですねぇ」

お母さんはエプロンで手を拭きながら、マイクに向かって答えるふりをする。

「勘ですね」

「えっ」

思わず素で聞き返してしまった。いけない、インタビューだった。

「人生には意外と勘が大事です」

お母さんは両手を腰に当てて、大きくうなずいてから続けた。

「たとえば一千万人のデータを見て、分析して、厳選して、いちばんいいものを選ぶというやり方は、場合によっては重要だろうけど、場合によっては笑止千万」

「しょうせんばん？」

「笑っちゃうってこと」

　あたしはちょっと考えて聞いた。

「データじゃないってこと？」

「そ」

　お母さんは泰然とうなずいた。

「勘を磨くしかないのよ」

「どうやったら磨けるの」

　何度か瞬きをして、お母さんはおもむろに口を開いた。

「たくさんぶつかって、だんだんわかるようになるんだと思う、たぶん」

「たぶんって」

　たぶんって何。なんではっきりいえないの。だいたい、たくさんぶつかりたくなんかない。

「勘って、ぱっとわかることでしょ」

　あたしは憤然として聞いた。

「だんだんわかるんじゃなくて」

「何の前触れもなく突然ひらめくようなことって、実はそんなにないんだと思うのよ。意識してるかどうかは別として、それまでにいっぱい準備があって、考えたり体験したりしたことの積み重ねの先に、ぱっとわかることがある。それが勘ってものよ」

「ふうん」

なんだかおもしろくない。そんなのは、あたしが思っている勘と違う。

「それで、どうしてお父さんだったんですか」

「うーん」

お母さんはやっぱり考えているふうだ。でも、不意に、笑った。一度下を向いて、それから上を向いて、楽しそうに。

「あのさ、しるし」

「うん」

「お母さん、お父さんを見つけたんだ」

あれ、たしか、お父さんがお母さんを先に好きになって、ずっとチャンスを待ってたみたいなことを聞いた。

「お母さんにないものをお父さんがぎゅっと握ってた。お父さんを見つけるまでは、欲しいと思ったこともなかった」

　お母さんになくてお父さんが持ってたものって何だったんだろう。

「ほんとうに大事なものって自分で見つけるしかないの。自分にしか見つけられないのよ。お母さんはお父さんと会って初めて、自分がなぜここにいるのかわかった。生まれ育った家を離れてなぜ東京でひとりで暮らしてきたのか。なぜあの会社で働いてきたのか。まあ、そういういろんなことが、お父さんと会って謎が解けたわけだ」

　ああ、まどろっこしい。何が謎よ。それって、つまり、好きになっちゃったってことでしょう。

「謎で思い出した。おじいちゃんがね」

　ちょっと勇気が要ったけど、切り出してみる。

「おじいちゃんが、なあに」

「遥名さんみたいな人がどうして温之と結婚したのか謎だって」

「うん？」

　お母さんは目を丸く見開いた。

「あんなによくできた人が、って」

　畳みかけると、わざとらしく、えー、なんていってる。

「よくできた人じゃないよ、ぜんぜんできてないよね、お母さんは」

「頭がよくてきれいな人が、ともいってた」

「あら」

こらえきれなかったらしいお母さんはころころっと顔をほころばせた。

ほんとうは、お母さんをほめたというより、お父さんのことを卑下した感じがした。実の息子だから謙遜したのかもしれないけど、なんだかちょっといいすぎだと思った。

「お父さんって中卒なの？」

「高校中退よ」

「学歴としては高校中退は中卒なんだって」

お母さんは笑顔のまま首を横に振った。

「もしかしたら履歴書に書くときはそう書くのかもしれないけど、高校を中退するのと、はじめから進学しないのとは別のことよ。どちらがいい悪いじゃなくて。卒業することに意味があるのだとしても、中退することにも意味があるの。高校中退っていうのはそれだけでひとつの選択なのよ。お母さんはそう思う」

お母さんは一流大学を卒業して、大きな会社に勤めている。賢いし、人あたりもいい。わが親ながら、ちゃんときれいでもあると思う。おじいちゃんにしてみれば、どうしてそんな人が高校中退つまりは中卒の不器用な息子と結婚したのか不思議だったのだろう。見つけた、と説明されたらおじいちゃんにもわかるのかな。しるしがついていたから、といえば納得してくれるかな。

「今日の健太くんの話、おじいちゃんにも聞かせてあげたかった」

あたしがいったら、お母さんはあたしの頭を撫でた。

「だいじょうぶ。おじいちゃんも、ほんとはお父さんのいいところわかってるんだと思うよ」

「そうかな？」

そうかもしれないな、と思った。だから、あたしのことも可愛がってくれてる。

「そうだ」

「なあに」

『生い立ちの記』を完成させたら、おじいちゃんにも読んでもらおう。もちろん、お母さん方のおじいちゃんおばあちゃんにもだ。それで、あたしは胸を張ろう。どうです、あたしがこのふたりのしるしです、って。

「どうしたの、にやにやしちゃって」

お母さんに聞かれて、なんでもないよ、と手を振った。

「生い立ちの記」

私の名前は、しるしといいます。お父さんとお母さんがつけてくれました。お父さんとお母さんのしあわせのしるしとして、私が生まれてきたからだそうです。

生まれたのは二〇一一年の大晦日です。二〇一一年は忘れられない年だと、お父さんもお母さんもいっていました。でも、私が目を開けたときには二〇一二年になっていたので、私は二〇一一年を知りません。元旦生まれのほうがよかったです。みんなにおめでとうをいってもらえるからです。

お父さんとお母さんは、離れたところで生まれて長い間ぜんぜん違う環境で暮らしてきたので、なかなか出会えなかったそうです。出会ってからは、あっというまに結婚したとお父さんはいっていました。でも、ほんとうは、お父さんはひそかにずっとお母さんのことが好きだったそうです。お父さんの友達の健太くんがこっそり教えてくれました。私が生まれたときの写真を見たら、お母さんは私をだっこしてすごくやさしい顔で笑っていて、お父さんは笑いながら泣いていました。

生い立ちの記を書くために、私はいろいろな人に話を聞きました。おじいちゃん、おばあちゃんや、おじさんや、友達などです。みんな、「しっかりしている」とか「頭がいい」とか、ほめてくれました。これが私の長所だと思いました。うれしかったです。これからもがんばりたいです。自分で思っている短所は「夢がない」ところです。夢は、パティシエか獣医さんですが、本気でなりたいのかどうか自信がありません。犬を飼ったこともないので、獣医さんになる前に飼ってみたいです。

話を聞いた中では、特に聡おじさんの話がおもしろかったです。夢というのは、ヒグマみたいなものだといっていました。どうもうで、手に負えなくて、食べられちゃうかもしれないけど、それでもつかまえたい、肝を取りたい、と願ってしまうのだそうです。聡おじさんは、ヒグマの肝を取りにいく気持ちで毎日を生きているといっていました。前は金沢で中学校の社会の先生をしていたけれど、今は俳優を目指して修業中です。お母さんはそんな聡おじさんのことを「あはは」と笑っていました。

何歳で夢を持ってもいいとわかって私は安心しました。

お父さんとお母さんに夢を聞いてみたら、ふたりともそれぞれ「もう叶った」といっていました。うらやましいです。私もできれば成人式までにほんとうの夢を見つけられたらいいなと思います。そうしたら、それが私のしるしになって、ぴかぴかっと光るんじゃないかなと思っています。

四年一組　柏木しるし

解説

渡辺尚子

　この作品は、2012年から足かけ3年、文芸誌『GINGER L.』に連載された。宮下さんは並行して『羊と鋼の森』や『終わらない歌』の執筆にもとりかかっておられたようだ。人間のありかたを、愛をもって率直に、物語の中心に置く。宮下さんの人生観、世界観が、作品のひとつひとつに満ちている。その中でもこの『ふたつのしるし』には、不器用な生き方しかできない男女の成長と、そんな生き方だからこそ得られた生きる喜びともいうべきしるしが、丹念に描かれている。

「ふたりのしるし」ではなくて「ふたつのしるし」という点に、まず心を留めたい。優等生の遥名と、落ちこぼれのハル。主人公の彼らは互いの中にしるしを見出すけれど、同じしるしを分け合っているわけではない。ふたりにはそれぞれ、自分で見つけたしるしがある。だから「ふたり」ではなく、「ふたつ」のしるし。

「しるし」といえば（と、ちょいと脇道にそれるのを許していただきたいのだけれど）、90年代の終わりに「愛のしるし」という歌が流行したことがあった。ちょっと不思議な歌詞が話題となって、街のあちこちで流れていた。

歌っていたのはふたつのグループで、この歌を好きな人たちは老若男女問わず多かったから、何人かが集まるとよく「どっちの歌が好き？」といった話で盛り上がったものだった。パフィーのふたりが歌う、ちょっと舌足らずな感じがいいとか、スピッツのボーカルの、少し遠くを見るような歌い方が好き、とか。簡単に軍配はあがらない。それでも、どちらのファンも必ず「なんか、いいよねえ！」と頷きあうフレーズがあった。

少し強くなるために
壊れたボートで一人　漕いで行く

なぜ、壊れたボートで。どうして、一人で。理由は明らかにされず、けれどもその歌詞はワケもなく輝いてしまって、心から離れない。もしかしたら、あのフレーズを口にするたびに、傷ついたボートに乗って立ち尽くしている自分自身を見出し、その傍をすりぬけてぼこぼこの舳先のまま進んでいく誰かの勇気が、まぶしかったのかもしれない。

話は『ふたつのしるし』に戻り、遥名とハルのボートも、たぶん相当傷だらけだ。10代の頃の遥名が、作り笑いをしたり、語尾を伸ばして喋《しゃべ》ったりしていたのは、誰かにボートを傷つけられるのが怖かったからだ。けれども彼女はそろそろと、自分のオールで漕ぎ始める。

ほんの小さな憧れが臆病な遥名の背中を押し、ボートの舳先が水面を滑り出す。当然、無傷なんかではいられない。風が吹く。波が立つ。漂流物にぶつかる。出会い頭の衝突もある。そのたびに、彼女の心が大きく揺れる。それでも、生真面目な彼女はオールを手放さない。

甘美な出会いが訪れる。けれども喜びが大きければ大きいほど別れるときの、船体をごっそりともがれるような痛みもまた大きい。ならば、出会わなければよかったのだろうか。そんなことはない。彼女をすくい上げたのも、本来の強さを引き出したのもまた、同じ出会いなのだから。

一見おっとりとしている彼女が、他者に激しい言葉を投げつける場面。これもまごうことなき彼女の一面だ。人間は、ひとつの本質を核とした、かぎりなく球に近い多面体の生きものだ。ノックする相手によって開かれる窓は変わるし、そこから見える景色も違ってくる。窓の向こうから意外な一面が現れたとしても、これまでの彼女を否定するものではない。すべてはひとつの本質から無数に生まれる自分なのだ。それでも、彼女は自分自身に幻滅し、傷つく。そしてこれ以上傷を増やさないよう、一層堅固な鎧《よろい》を求めるのだ。オールをしっかりと握りしめたまま。

ハルのボートだって、何度も衝撃をくらう。自分が埃にでもなったかと感じるほどに。それでもハルは、他の人よりも少し遠くを見つめながら、夢見る眼差しのまま進んでいく。彼には道筋が見えているからだ。蟻の行列から始まって、地図、ヤドカリの軌跡。それから、配線図だ。

「自分が何を扱っているのか、わかる。それも、とても大事なものだ。もしもこれがなかったらこの世界が立ち上がらない、それくらい重要なものなのだ」と、ハルは思う。この視点の深さが、ハルの強みだろう。居場所を見つけたハルは社会とのつながりを持ち、自分の世界も広げていく。そうやって、「地図の中で息づいている、ありんこ」と同じようにしか「人々」をとらえられなかった彼が、ついには地上に実在する人々のもとへと駆け出していくのだ。

第5話で描かれる震災当初、遥名は「子供を迎えにいくとか、家族が心配だとか、居ても立ってもいられぬ思いで家路を急ぐ人たち」を妬《ねた》ましいような気持ちで見つめている。「あきらめやすい体質になっていた」彼女は、まさか自分のことを、同じように大切に思って駆けつけてくれる人がいるなんて、夢にも思わなかったはずだ。それでも純粋なハルの言葉を信じられたのは、彼女が自身に課してきた長い長いレッスンの賜物《たまもの》であろう。

それだけに、ハルを見送る遥名が感情をほとばしらせる場面は、春が兆すようで、胸に迫る。あきらめやすくなってはいても、決してあきらめきることのなかった遥名には、枯れた大地から何度でもみずみずしく芽吹く、下萌えの強さが宿っている。また会えると信じられる素直さがある。

それにしても、遥名とハルが幾度も傷を負いながら、決して堕《お》ちることがなかったのはなぜだろう。ひとつには、彼らを丸ごと信頼してくれる他者がいたからだと思うのだ。その人々だって、遥名やハルのすべてを理解しているわけではない。まさに

「ちょっとずつつながっていて、ちょっとずつ離れている」。そんな人たちが彼／彼女を信じ、祝福し、そして、そっと祈るのだ。どうか、彼／彼女のこの先がひらけますように、と。

たとえば、ハルを突き動かしたのは彼自身の気質だけれど、その勇気を与えたのは、十代の頃の友人の一言だったのではないだろうか。蟻を見つめていた自分に、「いつも行列からはみ出すやつは、いざというときのための人間なんだ」と言ってくれた、健太。その言葉が北極星のように瞬いていたからこそ、ハルは迷うことなく大切な人のもとへ駆けていくことができたのだ。

両親や健太といった近しい存在だけでなく、ほんの一瞬の出会いもまた、彼らに力をあたえた。ミナと過ごしたのがほんの数ヶ月だったからといって、あのときハルに注がれた光に意味がなかったと言えようか。淡い付き合いにすぎなかった美香里の「今日、会わない？」という一言も、遥名を井戸の底から引き上げてくれた。里桜だって保健室の先生だって、迷えるふたりに光を与えてくれたではないか。

私たちだってそうだ。いまここにいるということは、これまで曲がりなりにもオールを手放さなかった証拠であって、どこかで誰かから全幅の信頼を授かったあかしなのだ。いまはもう、ひとりひとりの顔を思い出せないかもしれないけれど。

最終話には、震災から10年ほどを経たある日の出来事が描かれている。2020年代の物語。つまり雑誌掲載時には、7、8年先の物語が記されていたことになる。

震災から間もないあの頃、未来はあまりにも遠く、つかもうとした先から崩れて指の間からこぼれそうだった。それでも私たちは生きていく。生きよう、生きよう、生きなくちゃ！　でも、どこへ向かって？　何を拠《よ》り所にしたらいいんだろう？

遥名が娘のしるしに語りかけた言葉は、あの頃の、そして未来の私たちに授けられた北極星なのかもしれない。

「ほんとうに大事なものって自分で見つけるしかないの。自分にしか見つけられないのよ」

彼女はこんなことも言うのだ。

「人生には意外と勘が大事です……（その勘は）たくさんぶつかって、だんだんわかるようになるんだと思う」

そうなのだ。私たちのボートはあちこちたくさんぶつかって、たいていどこかしら壊れている。それでも構わない。ボートの傷は経験を積んだ証拠だ。傷を負うたびに漕ぎ手は少しずつタフになり、心は研ぎ澄まされていく。手には馴染んだオールがある。いつか誰かがくれた言葉も、遥か頭上で瞬いている。私たちは壊れたボートで、どこまでもどこまででも漕いでいけばよいのだ。

風が吹いている。波も強い。でも、急ぐことはないし、あきらめる必要もない。眼を開いてひとかきずつ漕いでいけば、いつかは、ほんとうに大事なもののもとへとたどり着けるのだから。

——ライター、編集者